徳間文庫

しまなみ海道追跡ルート

西村京太郎

徳間書店

目次

山陽自動車道
山陽新幹線
三原市
新尾道
浄土寺
尾道市
千光寺
みはら
尾道大橋
山陽本線
尾道
向島
317
広島県
竹原市
因島大橋
因島フラワーセンター
佐木島
大久野島
高根島
因島
生口橋
光明寺
耕三寺
因島公園
しまなみ海道
大三島
生口島
多々羅大橋
弓削島
生名島
岩城島
大山祇神社
伯方島
大三島橋
大島大橋
鵜島
愛媛県
津島
来島海峡大橋
大島
小島
馬島
予讃線
来島海峡
今治市
いまばり
しまなみ海道

序　章

1

それは、誘拐《ゆうかい》で始まった。

誘拐されたのは、長谷川かえで、五歳である。

瀬戸内ビューという観光会社の社長の末娘だった。

本社は広島だったが、三年前から東京に進出してきている。

かえでは、一貫教育で有名なS幼稚舎に入っていた。毎日、四谷の校舎に、運転手が、ベンツで迎えに来ていたのだが、四月七日のこの日も、同じベンツが、かえでを迎えに来た。

教師は、別に怪しみもせずに、かえでを送り出したのだが、あとになってから、いつもの運転手とは違うことに、気付くことになった。

同じシルバーメタリックのベンツなので、かえでも、怪しまずに乗り込んだのだと思う。

本物の長谷川家のベンツは、途中の交叉点で追突されていた。

そのため、迎えに行くのが、三十五分おくれた運転手は、校舎に着き、すでに、かえでが同じようなベンツに乗って帰ったと知らされ、あわてて、かえでの母親の悦子に、報告した。

悦子は、娘が誘拐されたと思い、すぐ、警察に電話したのだが、午後三時になって、男の声で、

「お前の娘を誘拐した」

との、電話があった。

その場に詰めていた所轄《しょかつ》の刑事二人が、犯人の声を録音すると同時に、誘拐と断定して、十津川警部たちが、永福町《えいふくちょう》の長谷川邸に急行した。

十津川は、三女のかえでが、誘拐された時の事情の説明を受けたあと、犯人からかかってきた電話の録音を聞いた。

男の声「もし、もし、長谷川さん？」
悦子「はい。長谷川でございますが」
男「お宅の娘さんを預っている」
悦子「かえでの声を聞かせて下さい。お願いです」
男「聞かせてやる」
少女の声「ママ」
悦子「かえで！　大丈夫？」
男「聞いたな？」
悦子「はい。かえでを返して下さい。お願いです」
男「もちろん、返してやる。ただ、条件がある」
長谷川「長谷川だ。何でもするから、いってくれ」
男「ああ、社長さんか。金が欲しい」
長谷川「いくらだ？」
男「五億円だ」

長谷川「大金だな」

男「おたくの個人資産は、五十億以上と聞いている。五億円は、その十分の一だ」

長谷川「その五億円を、どうしたらいい？」

男「それについては、明日の午後一時に電話する」

男が、声を作っている気配はなかった。

「この男の声に、聞き覚えはありませんか？」

と、十津川は、長谷川夫婦に、きいた。

「初めて聞く声ですね」

「聞き覚えはありませんわ」

と、夫婦は、いった。

だが、犯人は、よく長谷川家のことを調べているといっていいだろう。

個人資産五十億といったのも、でたらめでいったのではなく、多分、調べたに違いない。

それに、三女のかえでが通っている幼稚舎のことも、よく調べているといっていいだろう。

彼女の授業が、何時に終るかということも、若い運転手が、シルバーメタリックのベンツで迎えに来ることも、知っていたことになる。

それに、本物のベンツの方が、自宅と幼稚舎の間の交叉点で、追突されたのも、偶然ではなく、計画的に行われたものだということが、考えられた。

十津川は長谷川家の三十歳の運転手にも会って、話を聞いていた。

彼の名前は、井上敬で、五年前から、長谷川家で働いていた。

「交叉点で、信号待ちしているところを、追突されたんです」

「相手は？」

「二十代後半の若い男で、向うの車は、白のトヨタカローラでした。相手のミスなんですが、ボクとしては、お嬢さんを迎えに行かなきゃいけないので、相手の連絡先だけ聞いて、あとから、話し合おうと思ったんです。それなのに向うが、妙に絡《から》んできましてね」

と、井上は、いう。

「わざと、絡んだんだ」

「今になると、そう思うんですが、その時は、自分が悪いのに、何ていう奴だと、ボクの方も、カッとしてしまって、いい合ってしまいました。その中《うち》に、向うが、急に、バカヤロウといって、車を走らせて、行ってしまったんです」

「相手の車のナンバーは、覚えていますね？」

「ええ」

と、井上は、そのカローラのナンバーを書いて、十津川に渡した。

しかし、そのナンバーのカローラは、前日、江戸川区で盗まれたもので、盗難届が出ていた。

つまり、犯人は、前日から、車を盗んで、用意していたことになる。

「犯人は、最低二人いることになりますね」

と、亀井が、いった。

「そうだな。盗難車をぶつけた男と、ベンツで、かえでちゃんを迎えに行った男のね。殆《ほとん》ど同時刻だから、一人で、この二つの行為をやることは出来ないな。そのどちらかが、長谷川邸に電話してきたのかも知れないし、三人目の男が、存在するのかも知れないね」

と、十津川も、いった。

田中と片山の二人の刑事が、部屋に入ってきた。

十津川の指示で、ここの主人、長谷川要《かなめ》の評判を調べに行って来たのである。

二人は、部屋の隅で、小声で十津川に報告した。

「長谷川は、瀬戸内海の因島《いんのしま》の生れです」

と、田中が、いう。

「その島の名前は聞いているよ」

と、十津川は、いった。

確か、村上水軍の本拠地だった筈《はず》である。

「彼の父親も、因島の生れで、二十代の時、小さな観光会社を作っています。社員三人で始めたんですが、それが、大きくなり、今の長谷川要の代になって、瀬戸内第一の観光会社にまで成長しました。観光の他に、主として、瀬戸内の島々の開発もやっています」

と、片山が、いった。

「それで、今、東京に進出してきているわけだな?」

「そうです。広島の方は、義弟が、取りしきっているみたいです。ただ、東京に進出してきて、まだ、三年にしかなりませんので、長谷川夫婦について、詳しい話を聞くには、広島へ行って、調べる必要があると、思います」

「東京での評判は、どうなんだ?」

と、十津川は、きいた。

「同業者の間では、あまり良くありません。やり方が、強引だという話もありますし、長谷川が、金に飽かして、ライバル会社から、やり手の社員を引き抜くということもあるみたいです」

と、田中が、いった。

「長谷川は、今、六十二歳だったね？」

「そうです」

「誘拐された娘のかえでが、五歳というのは、若すぎるが」

「後妻の娘ですから」

「悦子というのは、後妻か」

「そうです。夫の長谷川とは、二十三歳違います」

「前の奥さんとは、死別か？」

「いえ。離婚です。長男は、三十歳で、現在、瀬戸内ビューの営業部長をやっていて、妻子があります。長女は、大学生です」

「離婚した先妻は？」

「名前は、可奈子五十五歳で、高校三年の次女と一緒に、渋谷のマンションに住んでいます」

「なるほどね。多少、ごちゃごちゃしてるんだな」

と、亀井が、肯《うなず》いた。

「離婚の原因は、何だったんだ？」

十津川が、きいた。長谷川家については、どんなことでも知っておきたかったのだ。

「離婚したのは六年前で、長男と長女は父親が引き取り、一番幼かった次女を、母親が、引き取ったわけです。離婚の理由は、性格の不一致ということになっていますが、正確な理由は、わかりません。ただ、長谷川は、二億円の慰謝料を払い、次女が、大学を卒業するまで毎月五十万円ずつ仕送りすることになっているようです」

と、片山が、いった。

「二億円と、仕送りは、履行されているのか？」

「されているようです」

「では、離婚のごたごたが、今日の誘拐に結びついている可能性は、小さいかも知れないな」

「と、思いますが――」

「今の妻の悦子と、先妻の二人の子との関係は、どうなんだ？」

と、亀井が、きいた。

「兄は独立して、家庭を持っていますし、大学生の長女は、都心のマンション暮らしをしていますから、ケンカになることはなかったようです」

と、田中が、いった。

長谷川の女性関係については、北条早苗刑事が、三田村刑事と、報告した。

すでに陽は落ちて、暗くなっていた。母親の悦子は、疲れ切って、二階の寝室に入ってしまっている。

「三十歳から四十歳頃にかけては、長谷川は、派手に、遊んでいたようです。しかし、若い後妻を貰《もら》い、孫みたいな末娘が生れてからは、すっかり大人しくなり、仕事一筋になったと、いわれています」

と、早苗が、いった。

「つまり、ここ五年間は、女遊びは、していないということだな？」

と、十津川が、きく。

「長谷川を知る同業者たちは、そういっています」

「妻の悦子の方に、何か問題はないのか？」

と、十津川は、三田村と早苗の二人に、きいた。

「彼女が、長谷川と知り合った頃は、長谷川の他に、つき合っていた男がいたことが、確認されていますが、その男も、今は、結婚して、子供も生れています。その男が、今回の犯人とは、ちょっと、考えられません」

と、三田村は、いった。

長谷川家のベンツに追突した車の運転手の似顔絵も、井上運転手の証言をもとにして、作られた。

それは、コピーされ、刑事たち全員に配られた。

面長で、顎《あご》が細い。井上の証言によれば、茶パツで、身長は一七五、六センチ。痩せている。右耳に、金色に光るピアスをつけていたともいう。

「甲高《かんだか》い声で、訛《なま》りはありませんでした」

と、井上は、いった。

彼に、テープの犯人の声を、聞かせたが、

「あの時のカローラの運転者じゃないと思います」

と、いった。

と、すると、この二十代の男は、主犯ではなく、共犯者ということなのだろう。

2

翌日になった。

長谷川邸のリビングルームには、緊張の空気が、漂った。

一時きっかりに、電話が鳴った。

テープが回り、長谷川が、受話器を取る。

聞き覚えのある男の声が、飛び込んできた。

「長谷川さんだね？」

「そうです。娘は、無事にしていますか？」

「傍で、すやすや眠っているよ。五億円は用意できたか？」

と、犯人が、きく。

「現金で、五億円は、まだ出来ていない。一億円だけは用意できたが」

「M銀行には、十億円以上の預金がある筈だ」

「それを、全て現金化するのは難しいんだよ。もう少し時間をくれ」

と、長谷川は、いった。

「それは警察が時間を稼げといっているんだろう?」

犯人は、からかい気味に、いう。

「そんなことはない。うちが契約している永福町支店が、一時に、五億円もの現金を用意するのは難しいと、いってるんだ」

「それなら、現金は、用意しなくていい」

と、犯人はあっさり、いってから、

「そちらの預金を、あるところに送って貰いたい。いいからメモを取れ」

と、長谷川にいった。

「こんな目にあわせるのは、どういう気なんだ?　見知らぬ私に、なぜ、狙《ねら》いをつけるんだ?」

「金持ちの不運だと、諦《あきら》めろ。これからいうことを、はっきりと、覚えるんだ。いいか、

K銀行の牛窓《うしまど》支店の169-1829645。口座名は、佐倉真一郎だ。そこへ五億円を、今から、電信扱いで、送金しろ。わかったな？」

と、犯人は、いった。

「もう一度、いってくれ。メモするから」

「そんな必要はない。テープを聞け。今日中に、手続きをすませておくんだ。わかったな」

それで犯人は、電話を切ってしまった。

十津川は、すぐ、長谷川夫婦に、

「この佐倉真一郎という男は、ご存知ですか？」

と、きいた。

「いや、全く知りません。名前を聞いたこともありません」

と、長谷川は、いった。

妻の悦子の方も、知らないという。

「妙な具合ですね」

と、亀井は、十津川に、いった。

「ああ。同感だ」

「こんなことをすれば、警察が、この佐倉真一郎という人間を、押さえてしまうのは、犯人にだって、わかっている筈です。偽名でも同じことでしょう。その預金を押さえてしまえば、使えないんですから。犯人の意図がわかりません」

「そうだな。私にも、わからないね」

と、十津川は、いった。

もちろん、佐倉真一郎の口座について、すぐ、調べた。

確かに、その口座は、実在した。

岡山観光の社長、佐倉真一郎が、その名前だった。

その口座の預金額は、百二十六万円。

今度の誘拐のために、一時的に設けた口座ではないのだ。

「岡山観光なら、名前は、知っています」

と、長谷川は、いった。

「ただ、社長の名前は、知りませんでした」

「あなたのライバル会社ですか？」

十津川が、きくと、長谷川は、苦笑して、

「そんな風に考えたことはありませんね。申しわけないが、小さな会社ですから」

「過去に、この会社と、問題を起こしたことはありませんか？」

「記憶にありませんね」

「だが、向うは、あったのかも知れない」

と、十津川は、いった。

「どういうことですか？」

「よくいうでしょう。人間が、池に石を投げる。人間は、気まぐれで投げたんだが、池に棲《す》む蛙にとっては、大事件で、恐れおののいてしまう。小魚なら、その石に当って、死んでしまうかも知れない」

「その比喩《ひゆ》はわかりますが、私には記憶にありませんね。岡山観光というのは」

と、長谷川は、困惑した口調になっていた。

十津川は、岡山観光について、県警に調べて貰うことにした。

〈岡山観光について、

本社　岡山県牛窓
資本金　三千万円
社長　佐倉真一郎（三十五歳）
社員数　八十六名
牛窓周辺の観光、ヨットハーバーの運営など。
中堅の観光会社として、四十年の歴史を持つが、現在は、経営不振が、囁《ささや》かれている。
岡山観光は、三年前、小野木観光株式会社に、買収されるという話があり、社長の佐倉が反対して、お流れになった。
この小野木観光は現在、瀬戸内ビューの傘下にある〉
「その件は主として、うちの営業部長がやっていたので、買収云々《うんぬん》については、聞いていませんでした」
と、長谷川は、いった。
「しかし、向うは、この件で、あなたを恨《うら》んでいたのかも知れませんね」
と、十津川は、いった。

問題の佐倉真一郎についての県警からの報告もあった。

〈佐倉真一郎について、

岡山市の生れ、高校、大学も岡山で卒業。

父親の礎《きず》いた岡山観光に入社し、東京支店で、営業の仕事を担当。

二年前、父親が病死し、帰郷して、父親の後を継ぎ社長に就任する。

彼は、野心家で、父親の会社を大きくしようとしたが、次々に失敗。経営するヨットハーバー三つの中《うち》二つ、リゾートホテル三つの中の一つを、人手に渡している。

現在、かなりの借金を抱えていて、その額は、十億とも二十億ともいわれている。

瀬戸内ビューとの関係だが、佐倉は、小野木観光との競争に敗れて、ヨットハーバーや、リゾートホテルを失っており、その親会社である瀬戸内ビューを恨んでいることは、当然考えられる。

佐倉の家族は、父親は病死し、母親は、生れた岡山市内で、娘夫婦と一緒に雑貨屋を経営し、現在は、佐倉の仕事とは、無関係である。

佐倉は妻がいるが、子供はいない。

佐倉は、時々、東京支店にも出向いており、陣頭指揮をとって、社の再建に必死である。長谷川かえでが、誘拐された四月七日に、佐倉が、東京にいたかどうかは、はっきりしない〉

これで、佐倉真一郎という男の略歴と、大金を欲しがっていたことはよくわかった。

「だが、犯人の意図がわからないね」

と、十津川は、繰り返した。

犯人が、佐倉でも、彼の仲間でも、身代金を、佐倉の口座に振り込めというのは、自殺行為でしかない。

この口座から、引き出しに来れば、即座に逮捕されてしまうことは、誰にだって、わかることである。

十津川は、即座に、岡山県警に連絡し、犯人か、共犯者が、現われたら、直ちに、逮捕してくれるように、依頼してあった。

「どうしたらいいですか？」

と、長谷川が、きく。

「かえでを助けるためなら、いくらでも、払いますよ」

「では、要求どおり、犯人がいった岡山の佐倉真一郎名義の口座に、五億円を電信で、振り込んで下さい。すでに、向うの県警が、監視しています」

と、十津川は、いった。

長谷川は、午後三時までの間に、銀行員を自宅に呼び、五億円を、電信で振り込むように頼んだ。

「あとは、犯人の出方を待つだけです」

と、十津川は、いった。

その言葉と一緒に、十津川は、西本と日下の二人の刑事を、岡山に向わせた。岡山県警と協力して、問題の銀行に張り込ませるためである。

翌日の午前中には、五億円は、向うの口座に届くだろう。

夜になって、捜査会議が、開かれた。

三上捜査本部長も、首をかしげて、いった。

「私には、どうも、犯人の意図が、わからんのだがねえ。自分の口座に五億円を振り込ませても、それをどうやって、引き出す気なのかね？」

「カードを使うんじゃありませんか？」

　と、三田村が、いった。

「カードで、引き出すのか？」

「カードは、日本全国の何処《どこ》の銀行、信用金庫でも使用できます。佐倉は、すでに、百万以上の預金があったわけですから、カードも、作っていたと思います。そのカードで、北海道で引き出す。警察が、北海道をマークしたときは、別の場所へ移動して、そこで、また、カードを使う。こんなことは、考えられませんか？」

「いい考えだが、カードで一日に引き出せる金額は二百万までなんだ」

　と、十津川が、いった。

「五億円全部を引き出すには、二百五十日もかかってしまうよ。それに、五億円は、カードでは、引き出せないようにすることだって、出来る」

「では、他に、どんな方法が、考えられる？」

　と、三上本部長が、十津川に、きいた。

「まず考えられるのは、脅しですね」

　と、十津川は、いった。

「そうです。犯人は、人質を取っています。犯人か、共犯者が、堂々と、岡山市内のK銀行に、五億円を下《おろ》しにいく。もし、逮捕したら、人質を殺すと、脅すわけです」

「脅し？」

「しかし、君は、金を引き出しに来た人間は、逮捕するつもりでいるんだろう？」

「逮捕します」

と、十津川は、いった。

「犯人にだって、そのくらいのことは、わかる筈だがねえ。どうしても、犯人の意図がわからんね」

三上は、また、首をひねった。

「私にも、わかりません」

と、十津川は、いった。

3

西本と日下の二人の刑事は、岡山駅に着いた。

駅には、県警のパトカーが、迎えに来ていた。

二人は、その車で、問題のＫ銀行の支店に向った。

牛窓の海岸沿いにある支店だった。

車で、外から見て、

「意外に小さな銀行ですね」

と、西本が、いった。

「ええ。支店長以下、十二人の小さな支店です」

と、県警の吉田という刑事が、いった。

そのあと、同じ牛窓にある佐倉のやっている観光会社に廻った。

ここも、同じように、海岸沿いの、ヨットハーバーの近くにある小さなビルだった。

「岡山観光ＫＫは、以前は、大きなビルにあったんですが、経営不振で、この小さなビルに移ったんです。三つ持っていたマリーナも、ここ一つになってしまいました」

と、吉田刑事が、説明する。

なるほど、このヨットハーバーには、岡山観光ＫＫの名前が、ついていた。

「今は、何よりも、金が、欲しい筈だな」

日下が、西本に、小声で、いう。

「五億円もあれば、一息つけるだろう。それも、ライバル会社の瀬戸内ビューから五億円が入れば、いうことはないに決っている」

と、西本も、いった。

二人は、ビルに入って行き、受付で、

「社長の佐倉さんに会いたいんですが」

と、いってみた。

「今、東京に出張しております」

と、受付の女性が、答えた。

「いつ、お帰りになりますか？」

と、西本が、きいた。

「失礼ですが――」

「そこのヨットハーバーの使用料について、社長さんに、お伺いしたいと思いましてね。私は、東京にあるヨットクラブの責任者なんですがね」

「それなら、東京にいる社長に、連絡をとります。それとも、営業課長を呼びましょうか？」

と、受付の女性が、きく。

「社長は、東京の何処にお泊りですか？」

「そこまでは、存知ませんが、東京支店に、ご連絡下されば、わかると思います」

と、受付の女性は、会社案内のパンフレットを手渡した。

「今週中には、戻ると思います」

「では、東京に戻って、社長さんに、お会いしてみます」

と、西本は、いった。

社長の佐倉が、今、東京にいることは、すぐ、十津川に、知らせた。

「明日だな。明日、どう動くかだ」

と、電話で、十津川は、いった。

4

翌日は、朝から小雨になった。

この事件のため、東京では、あらたに、二十人の刑事が動員され、岡山の牛窓では、西本、日下の二人と、県警の刑事二十人が、動員されていた。

佐倉真一郎社長が、二日前から、都内四谷のホテルOに、ひとりで、泊っていることも、確認され、四人の刑事が、佐倉に、張りつくことになった。

午後二時。

緊張した空気の長谷川邸のリビングルームで、電話が、鳴った。

長谷川が、受話器を取る。

「カメさん。ホテルOの佐倉に電話してみてくれ」

と、十津川が、小声で、いった。

「長谷川だ」

と、主人の要が、応じている。

「五億円は、岡山のK銀行に、送金したな？」

聞き覚えのある声が、きく。

「昨日、電信で送金したから、もう、佐倉真一郎の口座に入っている筈だ」

「よし。これからいうことを、心して聞くんだ。一つでも間違えば、お前の娘は、死ぬことになるからな」

「わかっている」

と、長谷川が、いう。

亀井が、小声で、十津川に、

「ホテルOの佐倉は、電話中だそうです」

と、いった。

「ぴったりだな」

十津川が肯く。

その間も、犯人と、長谷川との電話は、続いている。

「いいか。一回しかいわないからな」

と、犯人は、厳しい口調で、

「今から、私の仲間が、K銀行の牛窓支店に五億円を引き出しに行く。もし、そこで、刑事に逮捕されたら、お前の娘は、死ぬ。わかったな？」

「わかった」

「私の仲間は、無事、五億円を引き出したあと、一時間かけて、安全な場所まで移動する。

警察が、尾行したりしたら、その場合も、お前の娘は、殺す。わかったな?」

「ああ。そんなことはしない」

「私の仲間は、一時間後、安全な場所に辿《たど》りついたら、私に連絡してくる。それが、確認されたら、お前の娘は、必ず解放する。それは約束する。少しでも間違えば、間違いなく、お前の娘は死ぬ。それは、忘れないようにしろ」

「よく、わかっているよ」

「私の仲間は、絶えず、私に連絡することになっているから、一時間以内であっても、その連絡が、絶えれば、容赦なく、お前の娘を殺し、死体を、お前に送り届けてやる」

「何もしないから、一刻も早く娘を返してくれ」

「いいか。今から、始めるぞ。牛窓の銀行にいる警察に、すぐ、引き揚げるように伝えるんだ」

「警察はいない筈だ」

「バカをいうな。警視庁の刑事と、県警の刑事が、張り込んでいることは、わかっているんだ。五分間、猶予をやるから、すぐ、手を引くように、伝えるんだ。そのあと、始める。娘を殺したくなかったら、私の命令どおりにするんだ」

と、犯人は、いった。

長谷川は、電話が切れると、すがるような眼で、十津川を見た。

「何とかして下さい」

「わかりました。予想したことなので、ここは、犯人には手を出さないように伝えます」

と、十津川は、いった。

十津川が、携帯を使って、牛窓にいる西本たちに連絡している間、亀井は、ホテルOに電話をかけた。

宿泊客の佐倉真一郎を呼び出して欲しいというと、すぐ、つながった。

「佐倉ですが」

と、男の声が、いう。声が荒れている。

「岡山で、観光会社をやっておられる佐倉さんですか？」

「そうですが、何のご用でしょう？」

「牛窓のヨットハーバーを、借りたいと思っているんですが、月の賃貸料なんかを、お聞きしたいと思いましてね」

「そういうことは、東京支店に聞いて下さい。今、忙しいので」

と、佐倉はいい、支店の電話番号を早口でいって、電話を切ってしまった。

亀井は、十津川に向って、

「時間は、ぴったり一致しています」

と、いった。

「あとは、犯人からの電話と、声の比較だな」

と、十津川は、いった。

その頃、牛窓では、西本と日下、それに、二十名の県警の刑事が、K銀行牛窓支店を、遠巻きにしていた。

十分ほどして、一人の男が、白のライトバンで、到着した。

三十五、六歳の小太りの男である。

大きなジュラルミンのケースを、二つ、両手に下げて、銀行に入っていく。

二、三分すると支店長が、西本の携帯にかけてきた。

押し殺した声で、

「佐倉真一郎の口座から、五億円を下したい男が、来ています」

「今、どうしています?」

「金額が、大きいということで、二階の支店長室に、待たせてあります。本当に五億円渡して、よろしいんですか？」

「印鑑も通帳も、佐倉真一郎さんのものに間違いありません。本当に五億円を渡してしまって、よろしいんですか？」

と、支店長は、繰り返してきく。自分の責任になっては困るということなのだろう。

「渡して下さい。その代り、男の写真と、指紋をとっておいて下さい」

「わかりました」

と、支店長は、肯いた。
七、八分して、男が、両手に、ジュラルミンのケースを重そうに下げて出てくると、それを、車に積み込んで、走り出した。
一億円の札束は、十キロの重さがある。だから、男は、二十五キロずつの重さを、両手にぶらさげていることになる。

若い行員が、手伝って出て来て、二つのジュラルミンケースを、車に積み込んだ。

男が、運転席に乗り込み、走り出した。

すかさず、三台の覆面パトカーが、尾行に移る。

西本と日下の二人は、県警の吉田刑事の車に乗り込んだ。

「奴を、逮捕できれば、簡単なんですがね」

と、吉田が、いまいましそうにいう。

「それが、出来ないんだ。人質を解放するまでは」

と、西本が、いった。

「何処へ行く気かな？」

日下が、いう。

「この牛窓の町からの出口には全て、パトカーを配置してありますから、撒《ま》かれる心配はありません」

と、吉田が、いった。

「そのくらいのことは、向うも心得ているでしょう」

「と、すると、船ですね。すぐそこに、ヨットハーバーがありますから、そこに、向うは、ボートを用意してあるかも知れません」

「その時は？」

「もちろん、こちらも、高速のモーターボートを、二隻、近くに、用意してあります」

と、吉田は、微笑した。

その予想が当った。

犯人の車は、ハーバーの桟橋を、先端に向って、突進して行く。

吉田が、携帯を使って、指示を出す。

「犯人は、ボートで、逃走する模様。スタンバイせよ」

犯人の車は、桟橋の先端で止まり、そこにとめてある小型のモーターボートに、ジュラルミンケースを、積み替え始めた。

やがて、犯人が、ボートに乗り込み、エンジンをかけた。

ゆっくりと、ボートは、動き出す。

近くから、二隻のモーターボートが動き出すのが見えた。

「われわれも、ボートで、追いかけましょう」

と、吉田が、いった。

あらかじめ用意されていたモーターボートに、西本たちも、乗り込んだ。

ゆっくりと、桟橋を離れ、スピードを増していく。

その頃、犯人の乗った小型のモーターボートは、トップスピードに入っていた。

二隻のボートが、一定の間隔をあけて、尾行していく。

「近くの島に、犯人が上陸した場合は？」

と、西本がきいた。

吉田は、瀬戸内海の地図を広げて、

「この近くの前島を始め、主だった島には、警官を配置してあります」

犯人のボートを直接、追尾している二隻のボートからは、次々と、連絡が、入ってくる。

「今、瀬戸大橋の下を通過し、いぜんとして、西に向っています」

と、いう。

十分もすると、西本たちの乗ったボートも、瀬戸大橋の下を通過した。

西本たちも、思わず、銀色に輝く、頭上の巨大な橋梁《きょうりょう》を見上げた。

いぜんとして、犯人のボートの追跡が続く。

「あッ」

と、突然、男の叫び声が、飛び込んできた。

「どうしたんだ？」

と、吉田が、きく。

「衝突です。大型のクルーザーが、犯人のボートに、衝突した！」

「それで、犯人のボートは？」

「沈んで行きます！」

「犯人は？」

「わかりません」

「とにかく探せ！　ぶつかった大型クルーザーの方は？」

「何事もなかったように、走っています」

「停船させろ！」

と、吉田が、怒鳴った。

こちらのボートも、現場に着いた。

県警の刑事の乗ったボートが一隻、現場に停船して、海面を、探していた。

海面には、ボートの破片が、漂っている。

こちらのボートが近づくと、吉田がメガホンで、

「犯人は、見つからないのか？」

と、相手のボートに、呼びかけた。

向うのボートの甲板にも、若い刑事が出て来て、

「まだ、見つかりません」

「どっちが悪いんだ？　犯人のボートと、大型クルーザーと」

「冷静に見て、犯人のボートの方です。相手が、警笛を鳴らしているのに、無理に、その前方を突っ切ったのが、衝突の原因だと思います」

と、向うの刑事も、メガホンで答える。

もう一隻のボートから、連絡が、入った。

「大型クルーザーを停船させました。船名は、キングI世号です」

「船長は？」

「沢木恵一。五十歳」

「どこかで聞いた名前だな」

「昔、歌手で有名だったそうです」

「ああ、あの沢木恵一か」

「明日の午前中に、岡山県警に出頭してくれるそうです」

と、相手はいった。

5

西本からの報告が、十津川たちに、衝撃を与えた。

犯人は、警察が追いかけたので、無理にスピードをあげ、共犯者のボートは衝突、沈没したといってくるに違いなかったからである。

翌日の朝刊は、瀬戸内海での事故を、伝えた。

もちろん、誘拐事件のことは、一行も出ない。

小型のモーターボートが、大型クルーザーと衝突、沈没し、乗っていた人間も、行方不明と伝えている。

犯人のことよりも、衝突した大型クルーザー「キングI世号」の船長、沢木恵一のことを、大きく報じたのは、彼が、歌手として有名だったからだろう。

テレビのワイドショーでも、「演歌の王様」と、呼ばれたことのある沢木のことを、大きく取りあげた。

「私のキングI世号は、六百トン近い、遠洋用のボートで、瀬戸内海を出て、沖縄へ向うことになっていたんですよ」

と、陽焼けした沢木は、レポーターに、答えていた。

十津川は、そのテレビを見ていた。

「仲間十二人と一緒に、鞆《とも》の浦《うら》港を出港して、沖縄に向うところだったんですよ。小さなモーターボートが、近づいてきているのは、知っていましたよ。しかし、こちらは、ずっと警笛を鳴らしていたし、まさか、こっちへ向って、突っ込んでくるとは、私は思わなかったし、うちの船に乗っている全員が、そう思っていた筈ですよ。あとで聞いたら、警察に追われていたみたいだから、それで、無茶なコースを取っていたんでしょうね」

とも、沢木は、いった。

犯人のモーターボートを追っていた二隻のボートの刑事も、同じようなことを証言しているから、警察に追われ、何とか、撒こうとした犯人が、自殺的な走り方をしたのだろう。

午後一時になって、長谷川邸に電話がかかった。

あの男の声だった。

電話に出た長谷川要に向って、いきなり、

「よっぽど、娘を殺したいらしいな!」

と、怒鳴りつけた。

受話器を持った長谷川の顔色が変って、

「これは、事故だったんだ」

「何が事故だ。警察に、尾行させたりするなといったのに、警察が、寄ってたかって、私の仲間を追い詰めた。そのために、仲間は死んだんだ」

「それは――」

「それは、なんだ？」

「私たちと、警察の連絡が、悪かったんだ。もう一度、チャンスをくれないか。娘を殺さないでくれ」

と、長谷川は、嘆願した。

「駄目だ」

「今度は、必ず約束を守る。だから、チャンスをくれ」

「――」

「もう、娘は死んでいるのか？」

「これから、息の根を止めてやろうと思っている」

「助けて下さい！」

「助けてやって下さい！」

と、母親の悦子も、受話器を奪い取るようにして、叫んだ。

「考えて、また電話する」

と、いって、相手は、いったん、電話を切った。

長谷川夫婦は、じっと、十津川を見た。

「大丈夫ですよ。向うだって、金は欲しいんです」

と、十津川は、いった。

十津川の予想どおり、一時間後に、電話が鳴った。

「もし、もし」

と、長谷川が、話しかけると、

「もう一度だけ、チャンスをやることにした」

と、あの男の声が、いった。

「娘の声を聞かせて欲しい」

「いいだろう」

と、男は、素直にいい、娘のかえでの声が、聞こえた。

すぐ、男の声に代って、

「それでは、金の話をしよう。今度は、死んだ仲間の香典も頂くから、高くなるぞ」

「申しわけないが、私でも、現金は、そう用意出来ないんだ」

「そんな泣き言は、聞きたくない。私の仲間が死んだ責任は、そっちにあるんだからな」

「それは、申しわけないと、思っているが――」

「五億円プラス、香典が、一億円だ」

と、男は、いった。

「それは、無理だ」

「それなら、話はないことにしよう。お前の娘の死骸を、小さな柩《ひつぎ》に入れて、送りつけてやるよ」

「わかった。何とかするが、今すぐには、無理だ。明日まで、待ってくれ」

と、長谷川は、いった。

「いいだろう。明日の午後二時に、もう一度、電話する。その時までに、六億円を用意しておけ」

と、いって、相手は、電話を切った。

男は、相変らず携帯を使っているらしく、いぜんとして、正確な逆探知が出来ない。

「佐倉は、今も、ホテルOにいて、電話に出られないと、いっていました」

と、亀井が、十津川に、いった。

「しかし、彼が身代金を要求しているとは、限らないよ。声紋を比較しないと、はっきりしたことはわからない」

「ただ、何らかの関係があるとは、思っています。佐倉は、誰かに、電話させ、その傍で、いちいち、指示を与えているんじゃないでしょうか。何しろ、五億円は、彼の口座に、振り込まれたんですし、彼の会社のある岡山県牛窓が、発信基地になっていますから」

と、亀井は、いった。

「彼の電話の声は、テープに録《と》ってあるんだろう?」

「あります」

「それなら、すぐ、科研に、身代金要求のテープと、声紋を比較して貰ってくれ」

と、十津川は、いった。

岡山県警では、出頭してきた「キングI世号」のオーナーの沢木からの事情聴取が、行われた。

しかし内容は、彼が、ワイドショーのレポーターに話したことと、大差がなかった。

事故の時、前方を注意していた航海士も、証言したが、その内容は、同じだった。

沈没した犯人のボートに積まれていた五億円は、どうなったのか。

県警にとって、それも、大問題だった。

ただ、ボートが沈没し、二つのジュラルミンケースが、沈んだ場所は、かつて、土木会社が、海砂を採取していたところで、海底が深くえぐられ、海水も濁っていて、ダイバーが潜っても、ジュラルミンケースを見つけ出すのは困難だと、十津川は、報告を受けた。

犯人の死体も、いぜんとして、発見されていない。

この誘拐事件の解決は、難しそうだと予感させるものだった。

6

誘拐四日目。

午後二時に、再び、犯人から、電話が、入った。

「今から、金の引き渡しについて、指示する」

と、犯人は、高飛車《たかびしゃ》に、いった。

「また、牛窓のK銀行支店に振り込むのか？」

長谷川が、きく。

「あの銀行は、縁起が悪いから、別の方法をとることにする」

「間違いなく、かえでは、返してくれるんだろうね？」

「そちらが、警察の監視をつけなければ、返す。私だって、仲間だって、五歳の子は、足手まといになるだけなんだ」

「六億円と、引きかえでなければ、私は、そちらのいうとおりには、動かないぞ」

「そういえと、刑事にいわれたのか」

と、犯人は、電話の向うで、小さく、笑い声を立ててから、

「六億円を、丈夫な布袋に入れるんだ。一億円ずつの袋を作れ」

「それから？」

「それを、お前の車に乗せるんだ。例のシルバーメタリックのベンツだ。一人では無理だろうから、奥さんを手伝わせていい」

「わかった」

「もう一つ、携帯電話を持って乗れ。その携帯に、指示を与える。携帯の番号を教えろ」

「090－××××－××××」

と、長谷川が、教える。

「では、今から、一時間後の午後三時に、ベンツで、出発しろ。念を押しておくが、警察に尾行させるようなバカな真似は止せ。私にも、我慢の限界というものがあるからな」

犯人は、冷静な口調で、いった。

長谷川は、軍用の大きな布袋を六つ買って来させ、それに、一億円ずつ詰め込む作業が、行われた。

長谷川夫婦は、思い詰めた表情で、十津川に向い、

「刑事さんには、申しわけないが、今日は、何もしないで頂きたいのです。もし、また失敗すれば、娘の命は失くなるし、もうこれで、十一億円も、使うのです。私の会社にとっても、もう限界です。だから、失敗したくないんです」

と、長谷川が、いった。

「私も、お願いします。何もしないで下さい」

と、妻の悦子も、いう。

「わかりました」

と、十津川も、肯いたが、

「ただ、お二人の動きだけは、見守っていたいし、お嬢さんの安全が、確認されたあとは、自由に行動することを、許して頂きたい」

「どうしたらいいんです?」

と、長谷川は、きいた。

十津川は、自分の携帯電話を、渡して、

「これで、犯人の指示を、われわれに、教えて下さればいいんです」

「それで、先廻りされては困りますよ。あなた方にとって、犯人逮捕が、優先するんでしょうが、私たち夫婦にとっては、娘の安全が、第一なんですから」

「私たちにとっても、人命の安全が、第一です」

と、十津川は、いった。

「それを、ぜひ、お願いしますよ」

長谷川は、念を押し、午後三時になると、夫婦で、ベンツに、六億円を積み込んで、出発して行った。

十津川は、夫婦との約束を守って、動かないことにした。

ただ、向うも、約束を守って、携帯で、刻々、動きを伝えてくる。

十津川は、東京の地図を前に置いて、ベンツの動きを追った。

「首都高速の外廻りを、一回、廻れといわれました」

と、妻の悦子が、伝えてくる。

「警察の尾行があるかどうか、探っているんでしょう」

と、亀井が、十津川に、いった。

多分、そんなところだろうと、十津川も、思った。誘拐事件で、身代金の受け渡しに、犯人が、よくやる手なのだ。

ベンツは、首都高速を、ひと廻りしたあと、次に、甲州街道を、西に向った。

「今、桜上水《さくらじょうすい》の近くを走っています」

と、緊張した長谷川悦子の声が、伝えてくる。

「犯人から、指示がありました。この近くに、岡山観光の東京支店の寄宿舎があるそうです」

「寄宿舎？」

「社員が、東京に出張してきた時に、泊るところです」

と、悦子は、いう。

社長の佐倉は、四谷のホテルOに泊っているが、社員は、桜上水のあたりに、泊る場所があるのか。

「今、見つかりました。プレハブ二階建の小さな家で、玄関に、岡山観光東京支店寮の看板が、かかっています。ひっそりとしていて、人のいる気配はありません」

「犯人の指示がありました。この建物に入り、一階の居間に、六億円を置いて、すぐに立ち去れということです」

「なるべくゆっくりと、六億円を運び入れて下さい」

と、十津川はいった。

彼の傍の、覆面パトカーたちに、桜上水に急行するように、命令している。

「わかりましたけど、犯人は、すぐ立ち去れと命令しているんです。その命令に従わないと、娘が殺されてしまいますわ」

「そのことです。犯人に、娘さんのことを、しっかりと、確認して下さい。六億円を置いて、立ち去ったら、間違いなく、お嬢さんが、返されるのかどうかということです。下手をすると、六億円と、お嬢さんの両方を失ってしまいますよ」

と、十津川は、励ますように、いった。

「主人が、それを、確認していますわ」

と、悦子は、いった。

夫婦が、六億円の袋を、車と、その家の間を往復して、運び終ったとき、その家の電話が、鳴った。

その電話に出ろと犯人に命令されている長谷川が、受話器を取った。

「六億円は、運び了《おわ》ったか？」

と、犯人が、きいた。

「ああ。電話機の傍に、運んだ。娘は、今、何処にいる？」

長谷川が、きく。

「それは、本人に聞いてみろ」

と、犯人がいい、幼女の声に代って、

「パパ！　ママ！」

「かえで。今、何処にいるんだ?」

「何処なの!」

と、夫婦が、大声で、きく。

「公園」

と、かえでが、小さな声で、いう。

「何処の公園だ?」

「わからない」

「いいか」

と、また、犯人の声に代って、

「R公園だ。そこから、車で、五、六分のところにある。今から、車で、R公園に急げ。私も、これから、その家に入って、六億円を確認する。六億円が、あれば、そのまま、娘を引き渡す。しかし、六億円が無かったり、刑事が、飛び込んできたら、娘を殺す。R公園には、私の仲間がいて、銃で、お前たちの娘を狙っているからな」

と、犯人は、いった。

長谷川夫婦は、車に戻った。

悦子が、十津川に渡された携帯に向って、必死で、話しかけた。

「これから、R公園へ、娘を連れに行きます。五、六分かかります。娘の安否《あんぴ》が確認されるまで、絶対に、あの寄宿舎に入らないで下さい。お願いします！」

第一章　爆　発

1

　十津川たちが、現場に到着した。

　眼の前に、プレハブ二階建の家があった。確かに「岡山観光東京支店寮」の看板が、かかっている。

　時間的に見て、犯人は、まだ、六億円を、持ち出していない筈《はず》だった。

「裏口も、見張れ」

　と、十津川は、刑事たちに指示し、二人の刑事が、素早く、建物の裏に廻った。

「あと三分で、人質の安否がわかります」

亀井が、腕時計を見て、いう。

「今、犯人が、六億円を持って出てきたら、どうしたらいいんですか？」

問題の家を睨《にら》んで、西本が、きいた。

「人質の安否が、確認されるまでは、尾行し、無事が、確認された時点で、即、逮捕だ」

と、十津川は、いった。

「あと二分です」

亀井が、小さく、いう。

犯人が、家から出てくる気配は、いぜんとして、なかった。

「あと一分」

突然、十津川の携帯が、鳴る。

甲高い長谷川悦子の声が、飛び込んできた。

「かえでが見つかりました！　見つかったんです！　無事でした！」

叫ぶように、いうのだ。

「突入します！」

と、若い刑事たちが、怒鳴る。

「よし、行け！」

亀井が、自分から、立ち上り、拳銃を構えて、眼の前の家に向って、歩き出した。

十津川も、立ち上った。

その彼を、突然、意味のない恐怖が、襲った。

「待て！」

と、思わず、大声で、叫んでいた。

「どうしたんです？」

西本が、日下が、十津川を睨《にら》む。

「とにかく、待て！」

と、十津川が、いったとき、いきなり、眼の前に、閃光《せんこう》が、走った。

続いて、耳をつんざく轟音《ごうおん》。

眼の前の建物が、バラバラになって、吹き飛んでいく。

スレート屋根や、壁や、木材の破片が、降り注いでくる。

十津川も、刑事たちも、狼狽《ろうばい》して、身を伏せた。

背中に、手足に、破片が落ちてくる。

「くそ！」

と、誰かが、呻《うめ》く。

建物が、火を噴いた。炎上し、黒煙が、建物を蔽《おお》っていく。

バリバリと、音を立てて、燃える。立ち上った刑事たちは、その熱さに、思わず、後ずさりした。

亀井が、消防を呼ぶ。

すさまじい火勢で、このままでは、中に、飛び込めないのだ。

長谷川夫妻が、ベンツで、戻って来た。が、二人も、呆然《ぼうぜん》として、炎を見つめるだけだった。

悦子は、五歳の娘を、しっかりと抱きしめたまま、

「どうして、こんなことに――」

と、小声で、いう。

「六億円は？」

と、長谷川が、大声で、十津川に、きいた。

「この火炎では、中に入って、運び出せません」

「じゃあ、燃えてしまうんですか?」

長谷川が、きいたとき、消防車のサイレンの音が、聞こえた。

一台、二台と到着し、猛烈な勢いで、放水を始めた。

たちまち、火勢が、おとろえていく。それは、あっけないほどだった。

火と、水に打ちのめされて、眼の前の建物は、がらがらと、崩れていく。

放水が、止むと同時に、十津川たちは、焼け跡に踏み込んで行った。

焦げて、水びたしになった材木や、コンクリートを、蹴散らした。

が、何も見つからない。

犯人の死体もなければ、焼けた札束もないのだ。

「犯人は、爆発する前に、六億円を持って、逃げたんじゃありませんか?」

日下が、眉を寄せて、きく。どの刑事の顔も、殺気だっていた。

「その余裕は、なかった筈だ」

十津川は、怒った声で答え、

「それじゃあ、どうして、犯人の死体が、ないんですか?」

日下も、怒ったようにきく。

「多分、抜け穴だ」

と、十津川が、いった。

彼は、刑事たちを、いったん、退かせ、消防隊員と一緒に、焼け跡の整理を始めた。

スコップを使って、焦げた材木や、コンクリートなどを、どかし、そのあとを、強力な放水で、きれいにしていく。

コンクリートの床が、見えてきた。

その中央あたりに、四角い鉄板があった。

人間が一人、出入り出来る大きさで、把手《とって》もついている。

熱くなっている把手に、水を大量にかけて貰ってから、若い西本刑事が、それをつかんで、持ち上げた。

地下に通じる階段が、ぽっかりと顔を出した。

「やっぱりだ」

十津川と、亀井が、顔を見合せて、舌打ちをした。

刑事たちは、懐中電灯をつけて、コンクリートの階段を、地下に向って、おりていった。

湿った風が、吹いてくる。横に伸びたトンネルを、刑事たちが、息を殺して進んだ。

かなり長いトンネルだった。

大人ひとりが、頭を低くして、やっと通り抜けられるトンネルだが、木枠で、しっかりとかためられているので、崩れてくる不安はなかった。

六十メートル近く進んだとき、やっと、頭上が、明るくなった。

階段があり、刑事たちは、あがっていく。

頭上の鉄板は、開いていた。あがりきると、何か、小さな事務所みたいな場所に出た。がらんとした部屋で、申しわけみたいに、安物の机や椅子が、並んでいる。

人の気配はない。

十津川は、二階にあがり、窓を開けた。

焼けた建物から、大通りを越えた場所だと、わかった。

大通りの下に、トンネルが、掘られていたのだ。

「鑑識を呼んでくれ」

と、十津川は、亀井に、いった。

2

「見事にやられました。唯一の救いは、人質が、無事だったことです」

と、十津川は、電話で、三上本部長に報告した。

「それで、犯人は？」

「消えました」

「消えたって、どういうことなんだ！」

三上が、声を荒らげた。

「犯人は、計画的に、地下トンネルを掘っていて、それを利用したのです。それを見抜けなかったので、見事に身代金を奪われてしまいました」

口惜しいことは、口惜しいのだが、見事にしてやられたという爽快感が、ないでもなかった。

もちろん、そんなことを、三上本部長に、正直に話したら、呆《あき》れられるだけだろう。

「それで、犯人は、逮捕できそうなのか？」

三上が、怒りを抑えた声で、きく。

「必ず、逮捕します」

「出来るのか？　まんまと、身代金の六億円を奪われたのにだ」

「これほど、用意周到に計画されているとは考えていなかったので、それが、不覚をとった理由だと思っています」

「弁明になっていないな。そんなことを、記者会見で口にしたら、袋叩きにあうぞ」

「わかっています。ただ、犯人が、用意周到だったということは、それだけ、犯人を、限定することになっていると、思うのです」

「私には、単なる負け惜しみに聞こえるがね」

三上は、まだ、怒っている声だった。

「そうでなくなるようにします」

と、十津川は、いった。

電話を切ると、十津川は、もう一度、事務所を見廻した。

狭い部屋の中では、鑑識が、写真を撮りまくり、指紋の採取に動き廻っていた。

十津川は、その邪魔にならないように、亀井と、二階に、あがった。

亀井が、この周辺の地図を、何処《どこ》からか、借りて来て、二人の前に広げた。

地図の上で、この事務所と、焼けた建物を、亀井が、赤く塗った。

「この間の距離は、五十九・三メートルです。その間に、狭いが、あれだけ、がっしりしたトンネルを作るには、早くても、半年は、かかるんじゃないかと思います」

と、亀井が、いった。

「半年か」

「トンネル作りの専門家が、チームを作って掘れば、もっと短縮できるでしょうが、犯人が、そんな大げさなチームを作るとは、思えません」

「それはそうだ。そんなことをすれば、秘密が守れなくなるからな。誘拐を実行するまでは、誰にも知られたくないのは、当然だ」

「今、この事務所について、三田村たちが、調べています」

と、亀井が、いった。

その三田村と、北条早苗の二人が、二階にあがってきた。

「この事務所ですが、去年の五月まで、株式会社キムラの看板が出ていたそうです。その後、看板もなくなり、人間の姿も見なくなっていたといいます」

と、三田村は、十津川に報告した。

「今は、誰のものなんだ？」

「看板は外しましたが、売却されたという話は聞いていませんから、同じ株式会社キムラの所有だと思います」

「去年の五月以降、何もなかったのか？」

「そうなんですが、近所の人の話では、時々、事務所の中で、物音がしていたので、中を改造しているんだと思っていたそうです」

と、早苗が、いった。

「トンネルを掘っていたんだ」

亀井が、呟《つぶや》いた。

「もう一つ、時々、事務所の裏に、軽トラックが、とまっているのを見たという人もいます」

「それは、掘った土を運んでいたのかも知れないな」

と、十津川は、いい、

「まず、知りたいのは、この事務所の所有者、株式会社キムラの正体だな」

「調べます」

と、三田村が、肯《うなず》いた。

二人が、一階におりたあとで、亀井は、

「焼けた岡山観光東京支店寮と、この事務所は、どこかで、つながっていますよ。そうじゃなければ、二つの間を、トンネルで、つなぐなんてことは、出来ませんから」

と、十津川に、いった。

「確かに、カメさんのいうとおりだ。それは、三田村と、北条刑事が、調べてくれるだろう」

と、十津川は、いった。

事務所を出た三田村と早苗の二人は、事務所を売却した駅前の不動産店に向った。

小さな店だった。

中年の店長が、三田村と早苗に向って、

「あの事務所を売ったときの契約書です」

と、いって、一枚の契約書を見せた。

書類としては、問題はないようだった。

購入した人間の名前は、木村信彦となっている。

住民票と印鑑証明も添付してあった。

世田谷区代田×丁目Kハイツ407号

が、その住民票にあった住所である。

「あの事務所は、五千二百万円で、売却しました」

と、店長は、いう。

「この木村というのは、どんな人でした？」

と、早苗が、きいた。

「三十五歳だといってました。色の浅黒い、背の高い男の人でしたよ。感じのいい人で、友人と何人かで、仕事をするので、そのための事務所が欲しいんだということでした」

「その友人というのに、会いました？」

「いや。売却したあとは、木村さんのものですから、どうなっているか、関心はありませんでした」

と、店長は、いった。

「そのマンションに行ってみようじゃないか」

と、三田村が、早苗に、いった。

二人は、パトカーで、世田谷区代田のマンションに向った。

七階建のマンションである。一階の407号の郵便受を見ると、「木村」の名前がある。

「逃げてないみたい」

と、早苗が、首をかしげた。

管理人に会った。

「木村さんなら、いますよ。今日も、見かけました」

と、管理人は、いう。

「どんな男です？」

と、三田村が、きいた。

「三十歳くらいで、まじめなサラリーマンですよ。今日は、お休みをとったみたいですけど」

「色の浅黒い、長身の男？」

「背は高いけど、色白だと思いますけどねえ」

（何かおかしい）

と、二人の刑事は、思い、エレベーターで、四階にあがって行った。

用心しながら、４０７号室のインターホンを鳴らした。

間を置いて、ドアが開き、男が顔を出した。

なるほど、管理人のいうように、色白の細面だった。

三田村たちが、警察手帳を見せ、

「桜上水の事務所のことなんですがね」

と、いうと、相手は、眉をひそめて、

「ボクは、大手町のS物産で、働いていますが」

「個人事務所は、持っていませんか？」

「サラリーマンのボクが、どうして、個人事務所を持つんですか？　別に、脱サラの気もないし――」

「では、桜上水に事務所は、持っていないんですね？」

三田村が、念を押すと、木村は笑って、

「そんな気もないし、第一、お金がありません」

「しかし、これは、あなたのものでしょう？」

と、早苗が、住民票と、印鑑証明を見せた。

「確かに、ボクのものだけど、どちらも、最近、使っていませんよ」

と、相手は、いった。

「印鑑証明用のカードは、お持ちですか？」

「ある筈ですよ」

木村は、奥へ引っ込んだが、五、六分して、戻ってくると、

「机の引出しに入っていると思ったんですけど、見つからないんですよ。どうしたのかな？」

と、木村は、首をひねっている。

「多分、拾われたか、盗まれたかしたんだと思います」

と、早苗は、いった。

「誰が、何のためにですか？」

木村は、まだ、事態が呑み込めない表情で、いった。

「小さな事務所を、手に入れるためです」

「なぜです？　自分で買えばいいじゃないですか？」

「まあ、いろいろと、理由があるんでしょう」

と、三田村はいい、早苗を促して、そのマンションを、辞した。

どうやら、ホンモノの木村信彦は、何も知らずに、住民票と、印鑑証明を、利用されただけだと見たからである。

事務所に戻って、二人は、十津川に、報告した。

「やっぱり、木村信彦というのは、利用されたのか」

十津川は、軽く、舌打ちをした。

早苗が、

「下に、作業服姿の人たちがいましたが、どういう人たちです？」

と、きくと、亀井が、

「近くの建設会社の人たちで、問題のトンネルについて、調べて貰っているんだ。どの程度の知識が、必要かと、いったことをね」

と、いった。

一時間ほどして、彼等三人が、二階にあがってきた。

彼等は、トンネル内部を、インスタントカメラで何枚も撮ってきて、それを、机の上に並べた。

「私たちから見ても、しっかりと、構築されています。設計図を描いてから作ったものだと思います。あれなら、二百キロくらいの圧力には、耐えられると思います」

と、一人が、いった。

「あのトンネルは、大通りの下を通っているんだが、大型トラックが、上を通っても、大丈夫ですね」

十津川が、いった。

「ぜんぜん、大丈夫ですよ」

「何日くらいで、完成したと思われますか？」

「トンネル自体が、狭いですからね。大人数で、一斉に、掘削するわけにはいかんでしょう。多分二、三人で、じっくりと、掘っていったんだと思います」

「何カ月くらいかかったと思いますか？」

「五、六カ月は、かかったと思いますよ。二、三人の中に、少くとも一人は、建築技術についての知識がある者がいたと思います」

と、相手は、いった。

「犯人の中に、建築の技術者が、一人、混ざっていたか」

十津川は、難しい顔になっていた。

「それで、五、六カ月です」

と、亀井が、いう。

「つまり、周到に計画された犯罪ということになってくるということだ」

と、十津川は、いった。

その日の捜査会議で、十津川は、三上捜査本部長に、その説明をした。

三上は、眉をひそめて、

「君のいうとおりだと、犯人グループは、数カ月前から、誘拐事件を計画し、トンネルを掘っていたということになるんだな？」

「そうです。身代金奪取のために、二つの建物の間に、トンネルを掘っていたんです」

と、十津川は、いった。

「それで、まんまと、身代金を奪われ、犯人には、逃げられた？」

「そのとおりです」

「しかし、そうなると、おかしいことになってくるんじゃないのかね」

と、三上が、いった。

「どこがでしょうか？」

「最初、犯人は、牛窓《うしまど》のマリーナから、モーターボートで、身代金を奪い、海に向って、逃走した。しかし、逃走中、大型船と衝突し、五億円と一緒に、海に沈んでしまったんだったね」

「そうです」

「それで、今度は、都内の取引きにして、まんまと、成功した」

「はい」

「それでは、一度目に成功してたら、犯人は、どうする気だったんだろう？」

と、三上が、きく。

十津川が、答える。

「それなら、その時に、犯人は、満足したと思いますが」

「じゃあ、二度目の要求は？」

「しなかったと、思います。五億円も、手に入れたんですから」

「そこが、おかしいじゃないか。犯人は、失敗を予想して、数カ月も、かけて、トンネルを掘っておいたのかね？　私なら、モーターボートなんか使わずに、成功率の高いトンネルの方を、最初から、使うがね」

と、三上本部長は、いった。

確かに、三上のいうことにも、一理あった。三上は、更に、言葉を続けて、

「第一、身代金の受け渡しの一回目に、失敗したらと考えて、トンネルを掘る誘拐犯なんて、考えられないがね」

と、いった。

「私の考えをいっていいですか」

と、亀井が、いった。

「いってみたまえ」

と、三上が、促した。

「犯人は、複数だとします。誘拐する相手は、同意があったが、どうやって、身代金を手に入れるか、その方法で、意見が、分れていたんじゃないでしょうか？　片方は、岡山の

牛窓で、モーターボートを使う。もう片方は、東京で、家を手に入れ、岡山観光の寮との間をトンネルで結んで、それを利用する。どうしても、意見の一致がなくて、まず、モーターボート派が、牛窓で実行し、失敗して、海に沈んでしまった。そこで、トンネル派が、計画を実行した。私は、そう考えてみたんですが」

と、亀井は、いった。

「君は、どう思うね？」

三上が、十津川を見た。

「事件の推移は、説明がつくと思います」

と、十津川は、いった。

「まあ、いいだろう。犯人は、同一グループだな？」

「もちろんです」

「犯人は、複数？」

「トンネルから見て、そう思います」

「犯人たちは、六億円の大金を手に入れた」

「はい」

「国外へ、高飛びする恐れはないのかね？」

「心配は、あります。各空港には、注意を促しておきました」

と、十津川は、いった。

「それで、これからの捜査の手順は？」

「第一は、引き続いて、岡山観光について、調べて行きます。佐倉真一郎という男の周辺についてもです。第二は、今回、犯人が利用した事務所と、トンネルについて、調べます。特に、トンネルに使われた何枚ものパネルは、特別なものですから、手掛りになると思います。第三は、解放された人質の長谷川かえでに、話を聞きます」

「彼女は、今、病院だろう？」

「明日になれば、話を聞けると、病院ではいっていますので、早速、会って来ます」

と、十津川は、いった。

果して、五歳の幼女に、どれだけの証言能力があるのだろうか。

子供だから、逆に、鋭い感性で、自分を誘拐した犯人について、何か感じ取っているかも知れないという期待もある。

もちろん、犯人が、彼女を縛り、目隠ししていて、何もわからないということも考えられるのである。

「あまり、期待しない方がいいですよ」

と、亀井が、いった。

いよいよ、日が変って、十津川と亀井は、国分寺にある総合病院に出かけた。

病院に来ていた長谷川かえでの両親は、

「あの娘は、まだ、完全に、ショックから抜け切れていないんです。そこを考えて、話を聞いて下さい。お願いします」

と、十津川に、いった。

「わかっています」

と、十津川は、肯いた。

（トラウマ）

という言葉が、十津川の頭をよぎった。

誘拐という事件が、五歳の子供に、どんな心の傷を残していくのだろうか？

と、いって、事情聴取を止めるわけにはいかないのだ。

両親と、医者が同席して、注意深く、五歳の幼女の事情聴取が、始められた。

十津川が知りたいのは、犯人の、いや、犯人たちの手掛りである。
彼は、テープレコーダーのスイッチを入れてから、質問に入った。

○怖かったろうね？
○ウン、コワカッタ
○何処にいたの？　どんな所にいたの？
○クルマノナカ
○ずっと、車の中？
○ウン、クルマノナカデネタヨ
○どんな車だったか、覚えているかな？
○オオキイクルマ
○車の中に、ベッドもあったの？
○ウン
○他には、何があった？
○トイレ、ソレニ、キッチン

○そんな大きな車だったんだ？
○トテモ、オオキカッタ
○その車の中に、何人いたのか、わかるかな？
○ワカラナイ
○どうして？
○メカクシサレテタカラ
○いつも、目隠しされていたの？
○ゴハンノトキハ、ハズシタヨ
○その時、犯人を見たんじゃないのかな？　食事をさせてくれた人間は、見たんじゃないの？
○オオキナオトコノヒト。サングラスヲカケテイタ
○その男は、いつも、サングラスをかけていたの？
○ウン、イツモ、サングラスダッタ
○声は？　どんな声だった？
○シャベラナカッタ。ダマッテ、ユビデ、サシズスルノ

○君が、食事しているとき、その男は、君の傍にいたの？
○ウン。ソバニイタ
○その間も、車は、走っていた？
○ハシッテイタ
○その車は、停《と》まることもあったんじゃないの？
○ウン。トマルコトモアッタ
○その時も、目隠しされていたんだね？
○ソウナノ
○目隠しされても、音は聞こえたんじゃないのかな？　それを、話して貰いたいんだがね
○ドンナコト？
○君に、食事をさせた男がいた。目隠しをしたり、外したりした男だよ。その他の人間の声は、聞こえなかったかな？
○オンナノヒトノコエガシタ
○車の中に、女性がいたんだね？
○イタヨ

○他には？
○イバッテルオトコノヒトガイタ
○それは、君に、食事をさせた男とは、別の人間なんだね？
○ウン、ベツノヒトダッタ
○どんな風に、威張ってたのかな？
○メイレイ、バカリシテタ。クルマガ、トマッテイタトキ、オンナノヒトニ、アレカッテコイトカ、モタモタスルナトカ
○何を買って来いと、命令してたのかな？
○パントカ、ホカホカベントウカッテコイトカ
○それを、君に食べさせていたんだね？
○タベタ。オトコノヒトモ、タベテタ
○威張ってた男だが、他に、どんなことを、命令してたのかな？
○デンワシテタ
○何処に電話していたのか、わかるかな？
○ウーン、ツカレチャッタ

十津川は、テープを止め、一時間ほど、休むことにした。

○威張ってる男は、何処かに電話してたんだね？
○ウン、アレハ、ケイタイ、ダト、オモウヨ
○その携帯で、何処に電話してたんだろう？
○エトネ。ウシトカウマトカイッテタ
○ウシとかウマとか。牛窓じゃないのかな？
○ワカラナイヨ
○そのあと、どんなことを話してたんだろう？
○ムズカシイコト、イッテタ、ケイカクトカ、ジッコウトカ
○計画どおりに実行しろと、いってたのかな。他には？
○モーターボートトカ
○なるほどね。他にも、何か、覚えていたら、私に、話してくれないか
○パパノカイシャノコトヲイッテタ

○ああ、瀬戸内ビューのことだね。それを、男は、何といってたのかな？
○アンナカイシャハツブシテヤルッテイッテタ
○他の仲間と、そんなことを、いってたんだね？
○ソウナノ
○他に、何かいわなかった？
○クルマカラオロサレテ、ベンチニスワラサレタ
○それから？
○ジットシテイロトイワレタ。ウゴクトコロストイワレタ
○目隠しされたまま？
○ウン、ダカラ、ジットシテタラ、パパトママノコエガシタノ
○それを命令したのは、どの男？　君に、食事をさせた男かな？　それとも、威張っていた男？
○オンナノヒト
○女の人が、君を車からおろしたの？
○ウン。オンナノヒトダッタ

「そうなんですよ。私と家内が、R公園に着いたら、公園の隅のベンチに、あの子が、座ってたんです。目隠しされて」

と、長谷川が、いった。

「犯人に、心当りはありますか?」

改めて、十津川は、きいた。

「わかりませんが、うちの会社を恨んでいる人間に間違いないと思います」

と、長谷川は、いった。

3

十津川と、亀井は、捜査本部に戻ると、三上本部長に、録音したテープを聞かせた。

「なかなか、よく喋《しゃべ》ってくれたね」

と、三上は、感心したように、いった。

「もともと、お喋りな女の子で、幼稚舎では、人気者だったようです」

亀井が、笑った。

「それで、何がわかったのかね？」

　と、三上が、きく。

「まず、長谷川かえでが、監禁されていたのが、車だとわかりました。ベッド、トイレ、キッチン、それに、シャワーも備えてあったと思います。大型のワゴン車、キャンピングカーみたいなものでしょう。その車に、少くとも、男二人に、女一人が、乗っていたと思います」

　と、十津川は、いった。

「その内訳は？」

「女性が一人いたのは、はっきりしています。彼女が、パンや、ほかほか弁当を、買いに行っていた。つまり、食料係だったと思います。他に、かえでの目隠しを外したり、食事をさせたりしたサングラスの男、もう一人、威張っていたという、リーダーらしき男です。他に、車を運転していた人間がいますが、運転は、兼ねていたかも知れないので、最低で、男二人と、女一人と考えました」

「他に、牛窓で、五億円を手に入れ、モーターボートで逃げた奴がいるわけだな？」

「そうです。小太りの男が一人です」

「その男は、ボートと一緒に沈んだんだな」

「はい」

「すると、犯人グループは、少くとも、男が三人に、女が一人ということになるね」

「その通りです」

「最後の六億円奪取は、どんな具合に行われたと、考えるのかね？」

と、三上が、きく。

十津川は、黒板に、岡山観光の寮と、株式会社キムラ事務所の二つの位置を描いた。

「これはあくまでも、想像でしかありませんが、二人の男が、まず、車からおりて、岡山観光の寮に入ったんだと思います。長谷川夫婦の話では、六億円は、一階のテーブルの上に置いたといっています。犯人二人は、二階にでも隠れていて、その六億円を、トンネルを通って、通りをへだてたキムラ事務所に運んだと思います。身代金の代りに、寮の方には、時限爆弾を仕かけた。爆発までの時間は、六分です。長谷川夫婦は車で、六分かかって、R公園に行き、娘のかえでを発見し、われわれに、電話しました。人質が、無事とわかって、われわれは、岡山観光の寮に突入したんですが、その直前に、爆発が、起きたわけです。全てが、混乱している間に、犯人二人は、六億円を持って、まんまと、逃走しました」

「他には、何か、わかっているのかね？」

「明日、もう一度、長谷川かえでに、会ってこようかと、思っています」

と、十津川は、いった。

「もう、きくことは、きいたんじゃないのかね？」

「いえ。まだ、十分じゃありません。何しろ、四日間、犯人たちと同じ車に乗っていたんですから、もっと、何かを聞いている筈です」

「しかし、あまり、強制してはいかんぞ。何しろ、五歳の幼児なんだ」

「わかっています。その点は、気をつけます」

と、十津川は、いった。

翌日、十津川は、亀井の代りに、女性の北条早苗刑事を連れて、病院に向った。

昨日に比べると、今日の幼女は、また、一段と、回復して、明るくなっているように見られた。

もちろん、四日間も、監禁されていたのだから、心の傷は深いだろうが、外見は、明るく元気に見えるのは、子供の回復力の強さだろう。

声の調子も、前日より、はきはきしていた。

また、テープを回しての質問になった。

○四日間も、大変だったね。その間、ずっと、車の中に、いたんだね?

○ウン、ダシテクレナカッタノ

○その間、車の中では、犯人たちが、話したり、電話したりしていたんだ?

○ソウナノ

○やたらに威張る男と、君に食事をとらせたり、目隠しをしたりする男と、女の人が一人いたわけだね?

○イタヨ

○威張っている男は、電話をかけること以外に、何か、喋っていたのかな?

○サイゴハ、ドコカニ、イクゾッテ、イッテタ

○最後に、逃げる場所を、決めていたということかな?

○ワカンナイ

○ねえ。大事なことだから、ぜひ、思い出して欲しいんだよ。彼は、最後に何処へ行くと

いってたのかな?
○オボエテナイ
○困ったな。大事なことなんだけどねえ
○ワカンナイ
○じゃあ、他のことでもいいんだが、思い出したことを、なんでも話してくれないかな
○ドンナコトデモイイノ?
○ああ、いいよ。どんな詰らないことでもいいし、ばらばらでもいいんだよ
○セブン・イレブン
○セブン・イレブンが、どうしたの?
○オベントウノフクロニカイテアッタ
○そうか、君が、食べたお弁当が入っていたのがセブン・イレブンの袋だったんだね
○ソウナノ
○威張ってた男が、女の人にいって、買ってこさせたお弁当だね?
○ウン
○何処のセブン・イレブンかわからないかな?

○ワカンナイ

○サングラスをかけて、君に、食事をさせた男がいたね。彼も、君と一緒に、お弁当を食べてたの？

○ウン、イッショニタベタ

○彼は、どんなお弁当を食べてた？

○ギュウニクベントウ

○君が、食べたのは？

○オナジオベントウ

○君も、牛肉弁当を食べてたんだ

○ウン、ソレトビール

○ビール？　君が、ビールを飲んだの？

○チガウヨ、サングラスノヒトガ、ビールヲイツモノンデタ

○朝、昼、晩と、いつもビールを飲んでたの？

○ウン、イツモ、ノンデタ

○毎日、どのくらい飲んでたかな？

○カンデ、ニホンカ、サンボン
○ビールが、好きだったんだ
○ウン、トキドキ、ケンカシテタ
○ビールのことで？
○ウン、イバッテルヒトト、ノミスギルトカイッテ、ケンカシテタヨ
○もう一人の方は、飲まないのかな？
○ノマナカッタミタイ、サングラスノヒトハノムニンゲンノキモチガワカラナイト、モンクヲイッテタ
○そうか、ビールを飲むのは、君を監視していた男だけだったんだ
○ソウダトオモウヨキット
○前の問題に戻るんだが、威張ってる男の言葉を、思い出せたかな？　最後に、何処へ行くといってたのかな？
○ワタシ、ツカレチャッタ

ここで、いったん、十津川の質問は中止し、早苗と、病室の外に出た。

「次は、君が、やってくれ」

と、十津川は、早苗に、いった。

「わかりました。ところで、セブン・イレブンに、ビールは、売ってました？」

早苗がきいた。

「売ってなかったかな？」

「うちの傍のセブン・イレブンでは、ビールは、売っていませんわ」

「いや、酒類を扱う店舗もあるはずだよ。あの子は、犯人の一人が、セブン・イレブンで買ったお弁当と一緒に、ビールをいつも、二、三本飲んでたといってるんだ。五歳の子が、嘘をつくとは思えないんだがね」

と、十津川は、いった。

「そうですか。それでは、酒類を買えるセブン・イレブンを中心に探してみましょう」

と、早苗は、いった。

ひと休みしてから、二人は、病室に戻り、今度は、早苗が、かえでの質問に当った。

○今日は

○コンニチハ
○お嬢ちゃんは、いろんなことを、よく覚えているのね。記憶力が、いいんだ
○キオクリョクッテ？
○車の中で、犯人たちが、喋ったことを、よく覚えていて、えらいということ
○ウン
○あなたは、日本の何処が好きなの？
○セトナイカイ
○ああ、お父さんの会社は、瀬戸内海だものね
○ウン
○瀬戸内海の何処が好き？
○アッ！
○どうしたの？
○オモイダシタ、シマナミダ！
○シマナミ？
○ウン、シマナミ

○瀬戸内海のしまなみ海道のこと？
○ウン
○しまなみ海道って、犯人は、間違いなく、いったのね？
○アタシ、マエニイッタコトガアルノ
○誰と？
○パパトママトイッショニイッタ

十津川は、捜査本部に戻ると、瀬戸内海の地図を広げてみた。

広島県尾道《おのみち》市、瀬戸内のこの町から、因島――大三島《おおみしま》――大島――四国今治《いまばり》市と、島伝いに伸びる道が、「しまなみ海道」と、名付けられている。

国道317号線だが、島と島との間は、新しい橋によって、結ばれていた。

「犯人たちは、このしまなみ海道を伝って、四国へ逃走する計画になっていたんでしょうか？」

亀井が、地図に、首を突っ込むようにして、いった。

「しかし、しまなみ海道というと、まず、今度の誘拐事件の被害者長谷川家が経営している、瀬戸内ビューが、思い出されます」

と、西本が、いう。

「長谷川は、しまなみ海道の因島の生れだったな」

十津川は、地図の上の、因島を見すえた。

「瀬戸内ビューは、長谷川の父親が、因島で、小さな観光会社を、わずか三人で始め、それが、今の大会社になっているんです。いわば、しまなみ海道は、瀬戸内ビューにとって、創業の地だと思います」

「今回の犯人は、その瀬戸内ビューに恨みを持っている者たちだと、思われているのに、ちょっと、おかしいな」

「瀬戸内ビューに、呑み込まれた岡山観光の人間の犯行という線が、濃厚です」

と、日下が、いった。

「そんな犯人たちが、瀬戸内ビューの本拠地であるしまなみ海道に逃走するというのは、確かに、不自然ですね」

亀井も、首をかしげた。

「そこへ逃げるということとは、違うと思います」

と、北条早苗が、いった。

「どう違うんだ？」

十津川が、早苗に、きく。

「瀬戸内ビューに恨みを抱く、岡山観光の連中が、今回の誘拐事件を起こしたとします。今度の事件で、瀬戸内ビュー、長谷川社長は、十一億円を、奪われました。瀬戸内ビューは、瀬戸内海の観光では、大きな支配力を持っているかも知れませんが、それでも、全国規模の大会社じゃありません。十一億円の損失は、大きな打撃だと思います」

と、早苗は、いった。

「それで？」

と、十津川が、先を促した。

「瀬戸内ビューに支配された岡山観光の人間としては、一応の復讐をやったが、まだ、それだけでは、満足していないということなんじゃないでしょうか。それで、瀬戸内ビューの本拠地である因島を含む、しまなみ海道に、殴り込みをかける計画を立てていた。そういうことじゃありませんか？」

と、早苗は、いった。

「敵の本拠地に殴り込みというのは、いやに、古風だな」

十津川が、笑った。

早苗も、苦笑して、

「わかり易く、説明したくて、古風な表現になりましたが、犯人たちはもちろん、近代的な方法を使っての復讐を、計画していると、思います。ダイナマイトを使った瀬戸内ビューー本社の爆破とかですが」

と、いった。

「爆破して、四国に逃走か」

と、十津川は、呟《つぶや》いてから、

「誰か、しまなみ海道へ行ったことのある者はいないか？」

と、刑事たちに、きいた。

若い西本が、手をあげて、

「二月の非番の時、友人とレンタカーで、このしまなみ海道を走ってきました」

と、いった。

「友人って、あの可愛い女の子か」

日下が、まぜっかえした。

「たまたま、インターネットで知り合った娘だよ」

と、西本は、いってから、十津川に、

「これからは、間違いなく、新しい観光の名所に、なりますよ」

と、いった。

「瀬戸内の島を、新しい橋でつないでいるんだろう」

と、亀井が、きいた。

「六つの島を、十本の橋で、つないでいます」

「しかし、本州と四国をつなぐルートは、他に、二本あるだろう。神戸から、淡路島を通って、四国の鳴門へのルート、岡山から、瀬戸大橋を通って、四国の香川県へ抜けるルートだ。二つとも、海にかかる大きな橋が売り物で、似たようなものだがね」

と、十津川は、地図を見ながら、いった。

「他の二つと、しまなみ海道が、決定的に違うのは、自転車道《サイクリングロード》や、歩行者専用道路が、設けられているということだと思います。ゆっくりと、十カ所の橋と、六つの島の観光が、楽しめるんです」

と、西本は、いった。

「そういえば、他の二つは、新しい交通手段の面が、突出しているな」

「観光という面では、このしまなみ海道が、優れていると、思います」

と、西本は、いった。

「君は、しまなみ海道で、何が、一番印象に残っているんだ？」

亀井が、きいた。

西本は、頭をかいて、

「こんな事件になるとは、思わなかったので、呑気《のんき》に、走って来ました。景色は、きれいでしたが、ラーメンの美味《うま》かったのを、よく覚えています」

「ラーメン？」

「尾道ラーメンです。大三島で食べたラーメンも、美味かったです」

「ラーメンの食べ歩きをしてたのか」

と、日下が、笑う。

「一緒に行った娘《こ》のおじさんが、大三島で、ラーメン屋をやってたんだ」

西本が、いった。

亀井は、地図から眼をあげて、十津川を見た。

「東京で、六億円を手に入れた犯人たちは、今頃、しまなみ海道に向っているかも知れません」

「そのとおりだ。われわれも、すぐ、しまなみ海道へ行くことになる。私とカメさんが、先行する」

と、十津川は、指示していった。

「西本と、日下は、広島県警と、愛媛県警に電話して、瀬戸内ビューが、しまなみ海道に、どんな施設と、利権を持っているか調べて貰い、私たちに、連絡してくれ。三田村と、北条君は、今度の事件で、瀬戸内ビューと、長谷川社長の一族が、どれだけの痛手を受けているか、それと、岡山観光の現在の姿も、調べて欲しい。最後は、田中と片山だが、君たち二人は、爆破された岡山観光東京支社寮と、トンネルで結ばれた株式会社キムラ事務所のことを、もう少し掘り下げて貰いたい」

「わかり次第、警部を追いかける、ということで、いいんですか？」

と、西本が、きく。

「そうだ。その途中で、わかったことを、順次、私と、カメさんに伝えてくれたらいい」

と、十津川は、いった。

すでに、陽は、落ちている。

二人は、新幹線で、尾道まで行くことにした。

一八時〇七分発の広島行のひかり135号に乗った。この列車は、新尾道には、止まらないので、一つ手前の福山で、おりることになる。

福山着は、二二時三三分である。

座席に腰を下してから、二人は、しまなみ海道の観光案内本を見ながら、今日の夕食に、駅弁を食べ始めた。

「西本のいったとおり、しまなみ海道の一つの楽しみは、ラーメンの食べ歩きと出ていますね」

と、亀井が、微笑した。

「しまなみ海道は、イベントが、目白押しみたいだね。この四月だけでも、十を超すイベントがある」

と、十津川が、いった。

「それだけ、観光に必死なんでしょう」

「四月は、やはり、四国のお遍路さんかな」

「四月下旬に、始まるんでしたね。尾道から、四国へ渡って、お遍路さんになるのも、悪くありません。家内も、いったことがあるんです。二人の子供が成人したら、夫婦二人で、四国で、お遍路になって、ゆっくり歩きましょうって」

と、亀井が、実に、しみじみした顔で、いった。

「そうしたイベントに、瀬戸内ビューが、どう絡《から》んでいるかだな」

「しまなみ海道は、いわば、瀬戸内ビューの本拠地ですから、しっかりと、食い込んでいると思いますよ」

と、亀井は、いった。

「もし、尾道——しまなみ海道——四国遍路旅といったイベントを、瀬戸内ビューで、やっているとする。大型観光バスをつらねてだよ。そのバスの一台が、爆破されて、多数の死傷者が出たら、瀬戸内ビューは、大きなイメージダウンだな」

「そんなことを、犯人たちは、考えているんでしょうか？」

第二章　しまなみ海道へ

1

福山でおりると、十津川と亀井は、レンタカーを借りて、それで、尾道に向った。
尾道市内のホテルに、チェック・イン。
瀬戸内海を望む部屋に入った。すでに、深夜に近かった。
二人は、すぐには眠ることが出来ず、しまなみ海道の地図を広げて、見ることにした。
しまなみ海道は、尾道から始まっている。
正確にいえば、西瀬戸尾道である。
ここから、尾道大橋を渡って、向島《むかいしま》に行く。

尾道→向島→因島《いんのしま》→生口島《いくちじま》→大三島《おおみしま》→伯方島《はかたじま》→大島→四国今治《いまばり》

これが、しまなみ海道である。

島と島との間は、橋で、繋《つな》がっている。

写真を見ると、橋は、いずれも、特徴のある形状をしていて、真新しい。

尾道から、六つの島をつないで、四国まで、行っているのだ。橋の数は十本。

島の数より、橋の数が、四つ多いのは、例えば、尾道と、最初の島・向島には、最初に、尾道大橋が、かけられたが、その後、交通量が、多くなったので、平行して、もう一本の新尾道大橋をかけている。

また、最後の大島と、四国の今治の間には、小さな島が、点在しているので、第一、第二、第三と三本の来島《くるしま》海峡大橋で、結んでいる。この三連橋は、合計で、四キロ以上の長さになる。

「問題の瀬戸内ビューという会社は、六つの島の全てに、ホテルか、レストランを構え、また、子会社の瀬戸内交通が、大型観光バスや、タクシーを走らせているそうだ」

と、十津川は、いった。

「しまなみ海道を、支配しているわけですね」

「ここを基盤にして、今は、瀬戸内海全域に、事業の範囲を広げ、東京にまで、進出しているんだ」

と、十津川は、いった。

「勢力拡大の途中に、中小の観光会社が、呑み込まれるか、潰《つぶ》れていったんでしょうね」

「今、われわれが、マークしている岡山観光も、その一つだったわけだ。岡山観光は、瀬戸内ビューの傘下に入るのを拒否して、張り合ったが、大きな力には、勝てず、叩きのめされて、今や、瀕死《ひんし》の状況になっていたと聞いている」

「それで、岡山観光の人間が、巨象に立ちむかって、復讐を始めたわけですね」

「まず、誘拐で、五億円を手に入れかけたが失敗し、二度目で、六億円を奪い取った。だが、それだけでは、あき足らず、彼等は、瀬戸内ビューの本丸である、しまなみ海道に、殴り込む気なんだろう」

と、十津川は、いった
「何をやる気ですかね？」

亀井が、地図を見ながら、きく。

「誘拐は、もうやらないだろう。瀬戸内ビューも、警察も、警戒しているからな」

「と、すると、ゲリラ戦みたいなものを、瀬戸内ビューに、仕かけるかも知れませんね」

と、亀井が、いった。

「ゲリラ戦か」

「少数が、多数に対して戦う時、一番有効な手段は、ゲリラ戦だと思います。相手の警戒の隙《すき》を見つけて、ゲリラ的に攻撃する。警部が、いわれたじゃありませんか。しまなみ海道のルート上で、観光バスが爆破されたら、このルートは、麻痺《まひ》してしまうかも知れませんね」

「明日、広島県警と、話し合おう」

と、十津川は、いった。

翌日、尾道警察署で、十津川と亀井は、広島県警と、捜査会議を持った。

県警は、十津川の話に、最初は、半信半疑だった。

まさか、しまなみ海道上で、大事件が起きるとは、考えにくいのだろう。

十津川は、二つの身代金奪取について、詳しく、説明した。

「犯人は、単独ではなく、グループです。連中は、瀬戸内ビューを、痛めつけるためなら、どんなことでもする筈《はず》です。連中は、少くとも、六億円の大金を手に入れました。それだけあれば、どんなことでも出来ます。拳銃だって、ダイナマイトだって、或いは、プラスチック爆弾だって、手に入れられますよ」

「しかし、しまなみ海道で、何か起きるという根拠は、五歳の子供が、犯人の一人が、しまなみ海道といったということじゃないのかね？」

黒川という県警の刑事部長が、十津川を見た。

「そうです。人質になった長谷川かえでという少女の証言です」

「その証言が、果して、信用できるのかね？」

「正直にいえば、自信はありません。しかし、もし、しまなみ海道で、爆破事件でも起きたら、大事件になります」

と、十津川は、いった。

「事件が、起きる可能性は？」

「七十パーセントと、思います」

「五十パーセントより上か」

「そうです」

十津川が、肯《うなず》く。

黒川は、考えていたが、

「七十パーセントなら、事件が起きると考えて、対処した方がいいな」

「私の言葉を、信用して頂けるんですか」

「私たちより君の方が、今回の事件に詳しいからね」

と、黒川は、いった。

2

この捜査会議の途中で、西本と日下の二人が、尾道に、到着した。

西本が、十津川に、報告しようとするのを止めて、

「ここの全員に、報告してくれ。今日から、広島県警と、一緒に、仕事をすることになるから」

と、十津川は、いった。

西本と、日下が、部屋の中央に行き、黒板の前に立った。

「二つの事件については、すでに、ご存知だと思います。この事件で、今までに、浮んできた容疑者の名前を記します」

と、まず、西本が、県警の刑事たちに向って、いった。

「今回の事件は、岡山観光が、瀬戸内ビューに対する復讐を始めたことだと見ています。岡山観光という会社は、同族会社で、現在の当主は、三十五歳の佐倉真一郎です」

西本が、喋《しゃべ》っている間、日下が、黒板に、佐倉一族の家系図を書きつけていった。

父　―　佐倉徳太郎（六五）二年前に病死
母　―　文子（六三）
妹　―　恵子（二九）
義弟　―　太田克彦（三〇）

妻　利恵（三二）

「これが、一族ですが、現在、岡山観光の社員数は八十六名。多額の負債を抱えていて、社員は、どんどん減っています。われわれが、注目したのは、佐倉真一郎と、同じ岡山の大学の後輩で、彼を兄のように慕っている四人の男女のことなのです」

と、西本が、いった。

「佐倉と、大学の山岳クラブで、日本だけでなく、世界の名山にも遠征しています。彼の父親が、この山岳クラブに、多額の援助をしていたのですが、真一郎が卒業後、金がないということで、このクラブは、一時消滅しました。真一郎が、二十八歳の時、大学で、山が好きな男三人、女一人の三年生が、もう一度、クラブを結成しようとして、真一郎に、顧問になってくれるように頼んだんです。真一郎は、承諾し、金銭面の援助はもちろん、彼等と一緒に、ヒマラヤに、遠征したりしています」

また、日下が、その四人の名前を、黒板に、書きつけた。

野口　昌夫（三〇）
白石　正也（二八）
山野　淳　（二八）
長尾みどり（二八）

「真一郎は、この四人が、大学を卒業すると、自分の岡山観光に新しく設けた企画室に、採用しています。仕事もやらせるわけですが、五人で、世界中の山々に挑戦するのも、楽しみにしていたようです。会社の経営が、うまくなくなってからも、この企画室は、存在してきました。われわれとしては、今回の事件の犯人たちは、佐倉真一郎と、この四人ではないかと、考えているのです」

「この五人が、犯人だという証拠はあるのかね？」

と、県警本部長が、きく。

「決定的な証拠は、ありません。しかし、現在、企画室の四人は行方不明になっていて、会社にきいても、要領を得ないのです。もともと、佐倉の指示で動く部門でしたので……。それに、この四人を犯人だと考えると、ぴったりくるのです」

「どういう点でだね？」

「この四人と、佐倉真一郎の顔写真を、今、お見せします」

と、日下はいい、それぞれの名前の下に、持参した写真を、ピンでとめていった。

「牛窓《うしまど》のK銀行に、五億円を取りにきた小太りの男がいます。佐倉真一郎の印鑑を持ってです。この時、真一郎本人は、東京のホテルにいたわけですから、彼の意を受けた男ということが、出来ます。支店長の話では、その男は、この四人の中の白石正也に似ていたというのです」

と、西本が、いった。

「しかし、年齢は三十五、六歳ということじゃなかったのかね？」

と、十津川が、いった。

「そうなんですが、この白石という男は、学生の頃から、老け顔で、仲間から、オヤジさんのニックネームで、呼ばれていたそうです。それで、K銀行の支店長が、三十五、六と、見違えたのではないかと考えたんですが」

「もし、それが、白石正也だとすれば、モーターボートで、逃げる途中、大型クルーザーと衝突し、五億円と一緒に瀬戸内海に沈んでしまったわけだね」

「そのとおりです」

「白石は、牛窓にいたわけだから、長谷川かえでの誘拐事件を起こしたのは、残りの三人ということになるんじゃないのか？」

「そう考えられます。野口、山野、そして、長尾みどりです」

「人質の長谷川かえでが、証言したところでは、犯人の一人は、やたらに、威張っていて、他の人間に命令していたというが」

と、十津川が、いった。

「それは、野口昌夫だとすれば、納得できます。彼は、大学で、二年留年しているので、他の仲間より二歳年上ですし、山岳クラブでは、リーダー的な存在だったといいますから」

「六億円強奪について、調べておいてくれと頼んでおいたが、どこまで、わかったんだ？」

と、十津川が、きいた。

それには、日下が、答えた。

「田中と片山の両刑事が、調べたことを、そのまま、報告します。もともと、東京に寮を作ろうというのは、この企画室が、考えたことだと、いわれています。うがった見方をすれば、真一郎と、四人が、この東京の寮を舞台にして、誘拐と、身代金奪取を計画したということが、出来ます」

「キムラ事務所の方は、誰が、購入したか、わかったのか？」

「不動産会社の人間は、三十五、六歳で、背が高く、感じのいい男といっています。佐倉真一郎なら、これに合致します」

「木村信彦という男は、事件に無関係か？」

「三田村と、北条の両刑事が、いくら調べても、関係は、出てこないので、あくまでも、名前を、利用されたと考えていいと思います」

と、日下は、いった。

「キムラ事務所を、木村信彦の名前で、購入したのは、いつなんだ？」

「去年の三月です」

「そして、五月に、看板を外したか？」

「その時から、通りの向うの岡山観光東京寮までの間に、着々と、トンネルを、掘っていたことになります」

「三月に、買ったのは、間違いないのか？」

「ありません」

「と、いうことは、その時に、寮との間に、地下トンネルを掘り、誘拐を計画したということになってくるんじゃないのかね？」

と、十津川が、きく。

「他に考えようがありません。その時から、長谷川の娘の誘拐を計画していたんだと思います」

「まず、牛窓から、モーターボートで、身代金を、運び出す方法を考え、それが、失敗した場合に備えて、トンネルを、掘っていたということになってくるんだな」

と、十津川は、いった。

「周到に計画を立てたんだと思います。佐倉真一郎と、四人の男女とがです」

と、西本が、いった。

「十津川君に、聞きたいんだが」

県警本部長が、改まった口調で、いった。

「何でしょう？」

「今、西本と日下の二人の話を聞いていると、もう、犯人は、岡山観光社長の佐倉真一郎と、企画室の四人と、決まったようじゃないか。だが、まだ、逮捕状は、請求していない」

「はい」

「理由は、何だ？」

と、本部長が、きく。

「私は、今、本部長のいわれたとおりの五人の犯人説で、決まりと思っていますが、唯一の危惧《きぐ》は、あまりにも、岡山観光の名前が、出すぎているということなのです。身代金を、佐倉真一郎名義の牛窓の口座に振り込ませたり、岡山観光東京支社の寮を舞台に使ったりしているからです。それが、あまりにも、剝《む》き出しなので、ひょっとして、別のグループが、岡山観光の名前を、カムフラージュに使って、身代金を奪取しているかも知れないということも、考えられなくはないのです」

十津川は、慎重に、いった。

「その可能性は、どのくらいあるんだ？」

と、本部長が、きく。

「二、三十パーセントといったところでしょうか」

「それで、まだ、佐倉真一郎以下の逮捕状は、請求できないということか」

「そうです」

「K銀行牛窓支店の佐倉真一郎の銀行口座だが、支店長はどういってるんだ？　間違いなく、岡山観光社長の佐倉の口座だといっているんだろう？」

「支店長は、間違いなく、佐倉真一郎の口座だといっています」

「誘拐犯は、その口座に、五億円の身代金を振り込めと指示したんだろう？」

「そうです」

「それなら、犯人は、佐倉真一郎と、その共犯者と、決めつけて、いいんじゃないのかね？」

と、本部長が、いった。

「確かに、そのとおりですが、K銀行牛窓支店に、その五億円を引き出しにきたのは、佐倉真一郎本人ではありません。支店長の話では、三十五、六歳の小太りの男です。真一郎の方は、背の高い男ですから」

「その小太りの男を、君たちは、白石正也と、考えたんだろう？」

「佐倉真一郎と、企画室の四人が、犯人とすれば、老け顔だといわれる白石正也ではないかと考えたんです」

「だが、いずれにしろ、君は、犯人逮捕のため、K銀行の支店長に、五億円の支払いを頼んだ」

「そうです。人質の生命が、かかっていますから」

と、十津川は、いった。

「もし、あるグループが、岡山観光を、カムフラージュにして、瀬戸内ビューの社長の長谷川に、身代金を要求し、奪取したのだとしたら、しまなみ海道の、瀬戸内ビューの利権まで、破壊しようとはしないんじゃないのかね」

と、本部長が、いい、滝本という警部が、

「警視庁の要請で、しまなみ海道にある瀬戸内ビューの建物や、利権を調べました」

と、いい、具体的にその一つ一つを、あげ、黒板に書いて、いった。

ホテル、みやげもの店、レストランの名前と、写真、それに、子会社の瀬戸内交通の観光バスや、タクシーの台数と写真である。

更に、滝本警部が、説明する。

「この総資産は、一千億円に近いと思われます。もちろん、銀行からの借入金も、莫大なものです。もし、このいくつかが、破壊されたら、瀬戸内ビューは、大きな痛手を受けます。それに、信用も、失墜します」

それに続けて、本部長が、話す。

「もし、岡山観光をカムフラージュに使ったグループが、犯人だとしたら、ただ、しまなみ海道の、瀬戸内ビューの施設を破壊するだけでは、自分たちにとって、何のプラスにもならんのじゃないかね。瀬戸内ビューに、恨みを持つ岡山観光が、犯人なら、違う。それで、犯人を、区別できると思うんだが、どうだね？」

本部長が、十津川を見る。

「ただの破壊なら、佐倉真一郎たちが、犯人ということですか？」

「そうだが」

「脅迫状が、ついてきた場合の判断が、難しいです。岡山観光以外の犯人でも、本当の動機をかくすために、まず、金を要求してくると考えられます」

と、十津川は、いった。

「県警としては、しまなみ海道に関して、脅迫があったら、すぐ、警察に連絡するように、瀬戸内ビューには、話してある」

と、本部長は、いった。

「警視庁としても、同じ要請を、瀬戸内ビューにしてあります」

十津川も、いった。

3

問題は、瀬戸内ビューの態度だった。

長谷川社長は、警察に協力しますと、約束していた。

だからといって、長谷川が、必ず、警察に連絡してくるとは、限らない。

「君は、どう思うね？」

と、県警本部長が、十津川に、きいた。

「瀬戸内ビューは、今や、大きな企業です。その社会的責任の大きさを考えれば、脅迫があれば、必ず、警察に連絡してくると、思っていますが」

十津川が、答えると、本部長は、皮肉な眼つきになって、

「警視庁が、六億円の身代金を、取り戻していれば、絶対に、警察を信用してくれて、全てを話してくれるだろうが、まんまと、六億円を奪われてしまっているからねえ。人質が、無事だといっても、これは、犯人が、自分たちの意志で、返してよこしたものだ。それを考えると、犯人のいうとおりに動いた方がトクだと、瀬戸内ビューでは、考えるかも知れんよ」

と、いった。

十津川たちは、尾道市内のホテルに泊って、事態の動きを、待つことにした。

十津川と、亀井は、同室である。

十津川は煙草をくわえて、窓の向うの海を見つめていた。

煙草に火をつける。顔をしかめる。

県警本部長のいうとおりなのだ。東京では、まんまと、六億円もの大金を、犯人に奪われ、それは、まだ、見つかっていない。

人質は、十津川たちが、見つけたものではなく、犯人が、勝手に、解放したのだ。

(完全に、犯人に負けた)

と、十津川は、思う。完敗だった。

犯人たちが、去年の三月から、計画を立て、五月から、地下トンネルまで掘っていたにしても、犯人に負けたことは、間違いないのだ。

「何としてでも、犯人を逮捕して、六億円を取り返さなければ、腹の虫が、おさまりませんね」

と、亀井が、いった。

「警察の威信もかかっているんだ」

と、十津川は、いった。

「もし、このしまなみ海道で、犯人たちを逮捕できれば、警察の威信は、回復できますね。うまくいけば、身代金も、取り返せます」

亀井が、いった。

「それには、二つの条件が、必要だ。犯人たちが、この、しまなみ海道に乗り込んで来て、事件を起こすことと、瀬戸内ビューが、われわれに協力してくれることの二つだ」

と、十津川が、いった。

彼は、五歳の長谷川かえでの証言を、信じている。

犯人たちが、しまなみ海道に乗り込むといったのは間違いない。

だからこそ、十津川は、亀井たちを連れて、尾道にやってきた。広島県警にも、協力を要請した。

だが、犯人たちが、六億円を手に入れたことで満足してしまって、しまなみ海道に乗り込んでくるのを、止《や》めることも、考えられるのだ。

刑事として、一番、辛いのは、こうして、待つ時である。

犯人が、動かなければ、どうすることもできないのだ。

尾道に来て、二日が過ぎた。が、瀬戸内ビューからも、社長からも、何の連絡もなかった。

三日目の四月十六日。

午前十時五分に、尾道警察署のアドレスに奇妙なメールが、飛び込んできた。

〈しまなみ海道が、炎に包まれるぞ。警察よ。ぼやぼやしなさんな。

O・K〉

O・Kと署名されたメールは、十六日中、少しずつ微妙に文面を変えて、尾道警察署に、送られ続けた。

〈早く、準備しないと、間に合わないぞ。しまなみ海道は、火の海になるんだ。　O・K〉

〈パトカーを出動させろ！　サイレンを鳴らせ！　足元から、火になるぞ！　O・K〉

〈カウントを始めるぞ。

24・23・22・21

もうパトカーを出動させないと、間に合わないぞ。　O・K〉

十津川は、知らせを受け、亀井を連れて、尾道警察署に、駆けつけた。

「どう思います？」

と、待ち受けていた滝本警部が、十津川に、声をかける。

「ホンモノか、いたずらかということですね」

十津川は、慎重に、いった。

「このO・Kというサインは、岡山観光とも、読めるんですが」

「なるほど。O・Kが、何者か、突き止められるんですか？」

「利用されているプロバイダ（接続業者）は、中国地方で、一番大きなプロバイダで、O・Kが、誰かわかるとしても、突き止めるには、一カ月はかかると、いうんです」

「一カ月もかかっては、ホンモノなら、間に合いませんよ」

と、十津川は、いった。

「そのとおりなんです。本部長は、一応、ホンモノと見て、対処しろといわれるんですが、どう対処したらいいか、わからなくて、困っているのです」

滝本が、当惑した顔を見せた。

「瀬戸内ビューの方は、何といっているんです。もし、それが、瀬戸内ビューを標的としているのなら、向うにも、同じようなメッセージが、入っていると思いますが」

「さっき、電話してみましたが、うちとは、関係ないというばかりです。長谷川社長にも、電話をかけたのですが、電話口に出てくれません」

と、滝本は、いった。

「否定するのは、かえって、不審ですね」

「しかし、それなら、なぜ、警察に助けを求めてこないんでしょうか?」

と、滝本は、首をかしげた。

「いろいろと、考えられますね。犯人と、取引きをするつもりなのか、自分たちだけで、対応できると、考えているのか」

「この近くに、大きな警備会社はあるんですか?」

と、亀井が、きいた。

「警備会社はありますが、大きなものは、ないんじゃありませんかね。なぜですか?」

滝本が、きき返してくる。

「ひょっとして、警備会社に、頼んだかと思ったんですが、違うみたいですね」

亀井が、いうと、滝本は、ちょっと、考えてから、

「長谷川社長は、社員たちに、命令して、しまなみ海道の会社の施設などを、守るつもりなのかも知れません」

と、いった。

「社員に命じてですか？」

「瀬戸内ビューには、社内に、柔道部や、空手部などがあります。ボクシング部もあったんじゃありませんかね。そうした連中を集めて、守らせようと考えているのかも知れません」

「なるほど」

と、亀井は、肯いたが、十津川は、

「今の社員に、命をかけるほどの愛社精神がありますかね」

と、いった。

しかし、その日の中《うち》に、一つの情報が、尾道警察署に、もたらされた。

しまなみ海道の六つの島にある瀬戸内ビューのホテルや、レストランなどに、本社から、数人ずつ、屈強な若い男が、派遣されたらしいという知らせだった。

「経費削減で、人数を減らしたり、アルバイトの割合を増やしていたのに、急に、どの施設も、社員を増やしたんですから、おかしいですよ」

と、若い刑事は、いうのだ。

「それも、若くて、体格のいい男子社員ばかりです」

「あなたのいったことが、当ったみたいですね」

と、十津川は、滝本に、いった。

「やはり、瀬戸内ビューにも、脅迫状か、脅迫のメッセージが、届いているということでしょうね。それなのに、なぜ、われわれ警察に、助けを求めないんですかね？」

「多分、そうすると、瀬戸内ビューにとって、都合の悪いことが、公《おおやけ》になってしまうのが、困るんじゃありませんかね」

と、十津川は、いった。

「しかし長谷川社長は、娘が誘拐された時には、警察に助けを求めた筈ですよ」

「あの場合とは、事情が、違っているんでしょう」

「どんな風にです？」

「それは、私にもわかりませんが、推測することは、出来ます。犯人、いや、犯人たちは、尾道警察署に送ったメールと同じようなものを、瀬戸内ビューにも、送ったんだと思います。ただ、向うのメールには、条件がついていた。この条件を呑めば、破壊は、止めるという――」

「金ですか？」

「いや、金なら、黙って払うか、われわれに、助けを求めてくると思います。娘が誘拐された時と同じようにです。だから、要求は、金ではないか、金と、何かです。その何かは、瀬戸内ビューが、公にされては、困ることなんだと思いますね」

と、十津川は、いった。

「それなら、犯人が、どんどん公にしてしまえばいいじゃありませんか」

「ところが、犯人たちには、証拠がないんでしょう。だから、瀬戸内ビュー自身に、ということは長谷川社長自身にということでしょうが、世間に、その非を、発表しろと、迫ったのではないかと、思います」

「それは、どんなことでしょうか？」

「それは、私にも、わかりません。が、これで、しまなみ海道で、近く、何か起きることは、はっきりしました」

と、十津川は、いった。

すぐ、捜査会議が、開かれた。

県警本部長は、険しい表情で、

「問題は、いつ、何が、起きるかということだ」

と、刑事たちを、見廻した。

「それは、今までに、うちに送られてきたメールの文面から、推測するより仕方がないと思います」

と、滝本は、いい、それを、順番に、黒板に、書き並べていった。

「炎とか、火とかいう言葉が、多いな。犯人たちは、瀬戸内ビューの施設に放火しようとしているのかね？　それとも、時限爆弾でも、仕掛ける気かね？」

本部長が、きく。

「大いに考えられます。瀬戸内ビューは、しまなみ海道にあるホテルや、レストランが、焼失したら、大きな痛手でしょうから」

と、滝本が、いった。

「他に考えられることは？」

「これは、十津川警部とも話し合ったんですが、瀬戸内ビューの子会社、瀬戸内交通が、観光バスを、しまなみ海道で、走らせています。そのバスに、爆弾を仕掛けておいて、走らせる。炎が、走るという言葉にぴったりします」

「バスに、爆弾か」

「犯人たちは、東京でも、身代金を奪うために、時限爆弾を、使っています。ダイナマイトに、目覚時計を組み合せた古典的なものでしたが、今回は、六億円も持っているので、どんな時限爆弾も、作ること、いや、買うことが、可能です」

と、十津川は、いった。

「プラスチック爆弾なら、どんな形にも、変えることが出来ると、聞いたことがあるが」

本部長が、いう。

「そのとおりです」

と、十津川が、いった。

「しかし、簡単に手に入るものかね？」

「今は、金さえあれば、入手できないものは、ありません。日本にある米軍基地には、当然、C4といわれるプラスチック爆弾が、保管されている筈です。金で、基地のアメリカ兵を買収すれば、C4を、手に入れるのは、難しくはないと、私は、考えています」

と、十津川は、いった。

「もし、犯人たちが、そのC4を、手に入れたら、どうやって、防いだらいい？」

と、本部長が、きいた。

「C4を見たことが、ありますが、プラスチック爆弾は、棒状になっているものを、ナイフで、適当に切って、使用できるのです。それだけ、安定しているということで、どんな形にも出来ます。それだけに、発見することは難しい筈です」

「防ぐのも難しいということか」

「そのとおりです」

と、十津川は、肯いた。

「犯人たちが、瀬戸内ビューに対して、どんな要求をしているのかも、大いに興味があるな」

「それは、この会社が、どんな形で、巨大化してきたかが、問題になりますね」

「瀬戸内ビューは、ライバル会社を、あらゆる手を使って、叩き潰して大きくなってきたんです。強引な引き抜きもやってきたし、関係機関の役人を抱き込むなどということは、日常茶飯事でした」

と、滝本が、いう。

「しかし、そういうことは、どの会社も、多かれ少なかれやっていることでしょう。バクロされても、一時的に批判されても、会社にとって、致命傷にはなりません。だから、瀬戸内ビューに、犯人たちが要求していることがあったとすれば、もっと別のことではないかと、思いますね」

と、十津川は、いった。

「君が、調べた範囲で、それらしいことは、見つからなかったか？」

本部長が、滝本に、きく。

「あとは、瀬戸内ビューと、中国地方の暴力団Ｓ組との関係です。しまなみ海道に作られた二つのレストランで、問題が起き、そのことで、Ｓ組は、瀬戸内ビューに、抗議してきています。まあ、いちゃもんをつけたわけです。瀬戸内ビューでは、この問題を、穏便に抑えるために、一億円を、支払っています。これが、三年前ですが、その後、瀬戸内ビューと、Ｓ組とは、持ちつ持たれつの関係が生れ、毎年、一億円が、支払われてきています」

と、滝本は、いった。

「Ｓ組とは、関係ないと思います」

と、十津川は、いった。

「どうして、そう断言できるね？」

本部長が、きく。

「実は、岡山観光も、S組とは、関係が、出来ていることが、わかっています。その関係は、瀬戸内ビューと似ています。ですから、瀬戸内ビューが、犯人たちに脅かされているとしたら、それは、S組とのスキャンダルではないと思います。ただ――」

「ただ、何だね？」

「瀬戸内ビューは、毎年、一億円の金をS組に支払っているとしたら、今度の件で、S組を、利用しようとするかも知れません。いわば、毒をもって、毒を制するということです。本社から、屈強な若手社員が、しまなみ海道の施設に派遣されている現状は、滝本さんの報告で、わかりましたが、今回のことで、S組に、何か動きがないか、それも、調べて欲しいのです」

と、十津川は、いった。

滝本は、すぐ、捜査四課と、協力して、S組の動きを調査したいと、いった。

その結果は、その日の中に、十津川にも知らされた。

S組に、これといった動きはないというのである。

瀬戸内ビューは、今回のことで、S組の力を借りようとはしていないらしい。これ以上、S組との関係が、深くなるのを嫌ったのかも知れない。

尾道警察署に、新しいメールが、入った。

〈またカウントするぞ。

20・19・18・17——

O・K〉

4

「この数字を、どう思うかね？」

と、県警本部長が、きいた。

「そのまま、受け取っていいと思います。この数字が、ゼロになったとき、犯人たちは、計画を実行するつもりだと思います」

滝本が、いった。

「この数字は、24から始まっている。なぜ、そんな大きな数字から、始まっているのかね？　3・2・1でもいいじゃないか」

と、本部長は、いった。

「これと同じものが、瀬戸内ビューにも、送られていると思います。ゆっくりと、数字を数えて、瀬戸内ビューの社長や、重役をびくつかせて、犯人たちは、喜んでいるんじゃありませんか。それだけ、瀬戸内ビューに対する恨みが深いということじゃないかと、私は、思いますが」

滝本が、答える。

「十津川君は、どう思うね？」

と、本部長が、きいた。

「私も、ほぼ滝本警部に同感です」

と、十津川が、いった。

「ほぼというのは、どういうことだね？　同感できない部分もあるということかね？」

「もちろん、私の考えが、正しいかどうかわかりません。ただ、二つのことを考えました。一つは、時間です」

「犯人たちは、何かの要求を、瀬戸内ビューに対して、突きつけていると思うのです。その回答を待つ時間です。ゆっくりと、24から数えて、せき立てている。それが、私の一つの考えです」

「何の時間だ？」

と、十津川は、いった。

「もう一つは、何だ？」

「犯人たちは、わざと、ゆっくりと、カウントしています。われわれも、瀬戸内ビューも、それを見て、まだ、時間があると、考えてしまう。油断してしまう。犯人たちは、その間に、着々と、準備をすすめていく」

「どんな準備だね？」

「犯人たちが、もし、プラスチック爆弾を手に入れていて、それで、時限爆弾を、作っているのなら、ゆっくりと、カウントしながら、つまり、われわれと、瀬戸内ビューをまだ時間があると安心させながら、建物や、バスに、その時限爆弾を仕掛けているのかも知れない。そんな風に、考えたんですが、もちろん、私のこの考えは間違っているかも知れません。ただ、単に、ゆっくりと、瀬戸内ビューを怯《おび》えさせているのかも知れません」

「ああ、君の考えは、当っているかどうか、私にもわからん」

と、県警本部長は、いってから、続けて、

「だが、君の考えが、当っていたら、何をおいても、至急、対応しなければならん」

「どうします？」

と、十津川が、きいた。

「爆発物処理班に、応援を頼む。彼等に手伝って貰いながら、全員で、しまなみ海道にある瀬戸内ビューの全ての施設、それに、瀬戸内交通の観光バスとタクシーに、時限爆弾が、仕掛けられていないかどうか、徹底的に調べる」

と、本部長は、いった。

「瀬戸内ビューは、非協力的な態度をとるかも知れませんよ」

十津川が、いうと、本部長は、強い調子で、

「そんなことは、構わんさ。強制力を発揮してでも、瀬戸内ビューの施設や、バスなどを、調べる」

と、いった。

5

爆発物処理班を、尾道警察署に呼び、刑事たちに、時限爆弾について、講義して貰ったあと、一斉に、しまなみ海道に、出かけて行った。

十津川も、亀井、西本、日下の三人を連れて、この作戦に、参加した。

県警本部長は、強制的にでも調べると、言明したが、それを実行した。

瀬戸内ビューは、秘書課長の斉藤が出てきて、

「今、春の観光シーズンで、沢山のお客さんが見えています。私どもの経営するホテル、レストランなども、ご覧のように、お客さんが、あふれています。そんなところへ、刑事さんたちが、どかどかと、入って来られると、お客さんが、引いてしまうんですよ」

と、抗議した。

それに対して、県警本部長自身が、乗り込んでいって、

「爆弾が、破裂して、何人も死傷者が出ても構わないのか！」

と、一喝した。

「そんなことは、信じられません。うちの社が、誰かに、恨まれているということもありませんし、爆弾を仕掛けられるなんてことは、考えられません」

斉藤秘書課長が、反論する。

「ここに、捜索令状がある」

と、本部長は、令状を、相手の鼻先に突きつけて、

「もし、われわれの作業を邪魔すれば、逮捕するぞ」

「わかりましたが、私としては、社長に、連絡しませんと」

「それなら、さっさと、連絡したまえ」

と、本部長は、いった。

斉藤は、携帯を使って、長谷川社長に電話をかけていたが、それが終ると、

「社長も、オーケイを出しました。ただ、うちの社員にも、一緒に探させますが、よろしいでしょうね？」

「それは、君たちの勝手だが、邪魔は、するな」

と、県警本部長は、釘を刺した。

爆発物処理班と、県警の刑事、それに、十津川たちが、加わって、一斉に、作業が、開

始された。

尾道に近い向島から、順番に、六つの島を、徹底的に、調べていく。

瀬戸内ビューは、六つの島の中、三島《さんとう》にホテルを持ち、それぞれ、島の名前の下に、ビューとつけていた。

例えば、大三島にあるホテルには、「大三島ビューホテル」といった具合にである。

瀬戸内ビューのホテルのない他の三島には、レストランか、みやげもの店を、持っていた。

また、瀬戸内交通は、二十六台の観光バスと、二百台のタクシーを所有していた。

その一軒ずつ、一台ずつを、調べるのである。

本部長は、刑事たちに、十津川が、持ち込んだ、岡山観光社長、佐倉真一郎と、四人の男女の写真をコピーして、持たせた。

もし、作業中に、彼等を見かけたら、任意で、同行を求めて、尾道警察署に、連れてくるように、本部長は、刑事たちに指示していた。

もちろん、十津川たちも、五人の写真は、ポケットに入れていた。

この中、白石正也は、瀬戸内海に沈んだと見られるが、まだ、その死が、確認されないので、写真は、持つことにしていた。

最初の日、向島にある瀬戸内ビューのレストランと、この島にある瀬戸内交通の営業所が、調べられた。

レストランは、さほど大きなものではなく、主な売りものは、尾道ラーメンだった。

ただ、瀬戸内交通の営業所は、大きなもので、十二台の観光バスと、タクシー七十台が、配置されていた。

従って、点検作業の主力は、バスと、タクシーに向けられた。

専門家の指導を受けながら、刑事たちは、大型の観光バスの下にもぐり込み、エンジンを調べ、座席を一つ一つ調べて、いった。

レストランの方は、十五、六人の客が、入っていた。それを、全員、外に出してから、刑事たちは、店内を、隅々まで、調べた。

レストランでも、十二台の観光バス、七十台のタクシーからも、爆弾は、見つからなかった。

向島の作業が終ると、いったん、尾道市に戻った。

尾道市にある瀬戸内交通の本社を、調べる必要があったからである。

ここには、残り、十四台の観光バスと、百三十台のタクシーが置かれていた。

全車を、尾道に置きたいのだが、それだけの広さの駐車場がないので、一番近い向島に、残りの車を、置いているのだと、いうことだった。

夜半近くまでかかって、全部の観光バスと、タクシーを、調べ終ったが、やはり、時限爆弾は、見つからなかった。

翌日、因島と、生口島、三日目は、大三島と、伯方島、そして、四日目は、大島を、調べ終った。

しかし、時限爆弾は、見つからなかった。

五日目。

尾道警察署に、警察を嘲笑《ちょうしょう》するようなメールが届いた。

〈ご苦労さん。

爆弾は、見つかったかね？

あんたたちが、汗たらたらで、爆弾探しをやっている間、気の毒なので、カウントを止めておいた。

明日から、また、カウントを再開する！　　　　　　Ｏ・Ｋ〉

「畜生！」

と、県警本部長は、ふさわしくない言葉を吐き出した。

「犯人たちは、何処かで、われわれのことを見張って、笑っていたんだろう」

と、県警本部長は、舌打ちした。

「別に見張っていなくても、これだけ、大々的に、点検作業をしたんですから、犯人たちには、当然、わかったと思います」

と、十津川は、いった。

「では、われわれの作業は、完全に、無駄だったということになるのかね？」

「いえ、そうは、思いません。犯人たちに、警察が、真剣だという姿勢を、見せつけたということに意味があると、思います」

と、十津川は、いった。

県警の滝本警部も、

「これで、犯人たちは、めったなことは出来ないと、考えたと、思います」

「狙われている瀬戸内ビューは、どう受け取ったと思うかね？　渋々、われわれの作業を受け入れていたが」

　本部長は、十津川と、滝本の顔を、半々に見て、きいた。

　滝本が、まず、答える。

「確かに、瀬戸内ビューは、われわれに、非協力的でした。それは、十津川警部もいわれているように、犯人たちに脅迫されていて、それを公に出来ないからだと思います。しかし、それは、それとして、警察が、真剣に、自分たちを守ってくれようとしていることも、感じたと思います」

「君は、どうだ？」

　と、本部長が、十津川を見る。

「今、滝本警部がいわれたことは、私も、賛成です。確かに、われわれ警察が、真剣だということを、犯人たちも、瀬戸内ビューも、わかったと思います。これで、瀬戸内ビューは、一層、犯人たちの要求を呑まなくなったと思います」

　と、十津川は、いった。

「それは、捜査にとって、プラスだと思うかね？　それとも、マイナスだと思うかね？」

本部長が、きく。

「私は、プラスだと思います」

「理由は？」

「もし、瀬戸内ビュー側が、犯人たちの脅迫に屈してしまえば、犯人たちは、勝利し、何の動きも見せず、しまなみ海道から、姿を消してしまうでしょう。そうなると、われわれは、犯人逮捕のチャンスを失ってしまいますから」

十津川が、いうと、本部長は、皮肉な眼になって、

「下手《へた》をすると、このしまなみ海道で、死傷者が出るかも知れないのに、それを、期待しているみたいだな」

と、いった。

十津川は、苦笑して、

「もちろん、何も起きなくても、私は、東京に戻り、誘拐事件の捜査を続けます。全力をあげてです。しかし、あまりにも見事に、六億円の身代金を奪われて、これといった手掛りがないのです。犯人たちに、海外逃亡される恐れもあります。しかし、犯人たちが、こ

のしまなみ海道で、もう一仕事をしてくれれば、海外逃亡の心配も消えてくれますし、犯人たちを逮捕するチャンスも、増えます」

「動かない敵は、計りにくいが、動く敵は計りやすいというわけか」

と、本部長は、いった。

「そのとおりです」

「犯人たちは、これから、どう出ると、思うかね？」

本部長は、滝本に、きいた。

「犯人たちは、メールで、また、カウントを始めると、宣言しています。犯人たちは、まず、それを、実行すると思います」

と、滝本が、いう。

「それは、何を意味すると思うんだ？　十津川君は、われわれに、時間があると油断させておいて、瀬戸内ビューの施設や、観光バスなどに、時限爆弾を仕掛けるんだろうといったが、捜索で、爆弾は、見つからなかったから、それは、間違いだったんだ」

本部長が、軽いいらだちを見せて、きいた。

「今のところ、私には、犯人たちが、われわれ警察に、精神的なゆさぶりをかけているとしか、思えません」

と、滝本が、いう。

「つまり、犯人たちは、警察に、挑戦状を突きつけているということだな」

「そう考えることもできると思います」

「要するに、彼等は、自分たちの行為が、正当だと思っているんだろう。だから、警察に対しても、バカにしたような文面を送ってくるんだ」

「かも知れません」

滝本も、肯いた。

彼が、予想したとおり、翌日には、尾道警察署に、次の言葉が送られてきた。

〈約束に従って、再び、カウントを始めるぞ。

20・19・18・17

時間がないぞ。

お前たちに、しまなみ海道が守れるかな?

O・K〉

「バカにしやがって！」

刑事たちは、一斉に、歯がみをした。明らかに、犯人は、警察を挑発しているのだ。

十津川は、亀井と二人、海の見える場所に出かけた。向島や、その先の因島が、重なって見える。

「犯人たちの狙いは、いったい、何なんでしょうか？」

亀井は、首をかしげていた。

「カメさんは、どう思うんだ？」

十津川は、海を見つめたまま、きき返す。

「単に、警察を挑発しているだけとは、思えないんですが」

「だから、私は、警察に、まだ、時間があると思わせて、その間に、時限爆弾を仕掛けるのではないかと考えたんだが、それは、違っていた。他に、何があるかな？」

「あと考えられるのは、県警の滝本警部がいわれた挑戦ですが、今もいいましたように、それは、誰もが、考えつくことですから」

と、亀井は、いった。

結局、二人とも、判断が、つかなかった。

しかし、犯人は、事務的に次のメッセージで、カウントしてきた。

〈警察の皆さんへ

時間は、無くなっていくぞ。

16・15・14・13

急げ！

O・K〉

第三章　火矢走る

1

メール上の数字が、どんどん、小さくなっていく。
そして、最後のメールが、届いた。
〈警察の皆さんへ
とうとう、その時がやって来たぞ。
4・3・2・1
あとは、ゼロだ！

O・K〉

県警プラス十津川たちは、厳戒態勢に入った。

容疑者として、警察は、岡山観光社長の佐倉真一郎と、彼に心酔《しんすい》している野口昌夫、白石正也、山野淳、長尾みどりの四人をマークしていた。

この四人の中、白石正也は、第一の事件で、瀬戸内海で水死したと思われるので、残りの四人の足跡を追っているのだが、依然として、四人とも、行方《ゆくえ》が、わからないのである。

犯人は、最後のメールで、「あとはゼロだ」と、宣言している。

犯人は、もうゼロになっていると、宣言して、すでに、犯行計画を、実行しているのか。

警察としては、最悪の事態を予想して動かなければならないのだから、犯行はすでに始まっていると考えた方がいいだろう。

捜査本部の置かれた尾道警察署では、今後、というより、今、犯人たちが、何をしているかが議論された。

犯人たちは、メールで、

〈しまなみ海道は、火の海になるんだ〉

と、いってきている。

十津川も、県警本部長も、県警の滝本警部も、それを、言葉だけの脅しとは、受け取ってはいなかった。

捜査会議でも、犯人は、本気なのだと、受け取って、それを、いかにして防ぐかが、議論された。

犯人たちの標的は瀬戸内ビューだろう。

とすれば、まず狙われるのは、この会社がしまなみ海道に持っているホテルや店舗、それに、関連会社が持つ観光バス、ハイヤー、タクシーといった車両に違いない。

そこで、警察は、瀬戸内ビューの社員と協力して、連日、会社の建物や車両を、点検していた。

警察としては、しばらくの間、瀬戸内ビューが、しまなみ海道にあるホテルや店舗を休業して貰い、観光バスやハイヤー、タクシーを停めてしまえば、対応が楽だった。少くとも、観光客の安全は、確保しやすくなるのだ。

しかし、これには、瀬戸内ビューの方が、猛反対した。

社長の長谷川要を筆頭にして、瀬戸内ビューの重役たちが、弁護士を立てて、「営業妨害」だと、反撥《はんぱつ》した。

「それこそ犯人たちの思う壺《つぼ》だと思いますね。それに、二日とか三日間だけの休業なら我慢できますが、その日数もはっきりしない。犯人を逮捕するまでといっても、警察は、その日数を限定してくれるわけじゃないでしょう。休業が一カ月も続いたら、瀬戸内ビューは潰《つぶ》れてしまいますよ」

と、いうのだ。

確かに、そのいい分は、一理あった。

残念ながら、警察は、何日以内に、犯人たちを逮捕すると、約束は出来なかった。

それに、犯人たちの究極の目標は、瀬戸内ビューを、崩壊させることに違いない。

だから、瀬戸内ビューが休業したら、彼等は、やるぞ、やるぞと脅しながら、何もせずに、瀬戸内ビューの休業を長引かせて、自己崩壊させようとするに違いないのだ。

こう考えると、警察としても、瀬戸内ビューに、しばらく、休業しろと、命令するわけにも、いかなかった。

「われわれに出来ることは二つしかない」

と、本部長は、捜査会議で、刑事たちに向って、言明した。

「一つは、犯人たちを一刻も早く逮捕すること。もう一つは、犯人たちの犯行を、実力で制圧して、犠牲者を出さないことだ」

そのどちらも、難しいことだった。

例の四人の行方は、依然として、つかめなかったし、犯行を実力で制圧するといっても、瀬戸内ビューの建物や車に、爆発物が、仕掛けられていないか、地道に、毎日、調べることしか出来ないのである。

時には、無力感が、刑事たちに襲いかかることもあった。

だが、この二つの努力を続けるより他はないのである。

犯人たちのメールは、ぱったり届かなくなった。

それは、戦闘開始のゴングを鳴らしたのだから、あとは、実力行使だけと、決めているのだろう。

今、瀬戸内は、観光シーズンで、しまなみ海道は、そのメインといっていい。

ウィークデイでも、観光客は、押しかけて来ている。

バスでやって来るグループもいれば、自家用車でやってくるカップルや、家族連れもいる。

列車で、尾道までやって来て、レンタサイクルを、楽しむ人々もいる。しまなみ海道のいいところは、自転車でも、海にかかる橋を渡れることなのだ。

犯人からの最後のメールが届いた日から、十津川は、ひそかに日数を考えていた。

これから、犯人たちと、新しい戦いが、始まるのだ。

第三段階といってもいい。

第一段階は、長谷川社長の五歳の娘、かえでが、誘拐され、五億円の身代金が、要求された時である。

長谷川社長は、五億円を支払い、犯人は、まんまと、その五億円を手に入れたが、逃走に失敗した。

犯人たちは、人質を返さず、更に、六億円を要求した。これが第二段階である。

この時は、犯人たちは、逃走にも成功し、人質は返された。

そして、今度の脅迫である。

2

一日目。

事件は起きなかった。

大三島のラーメン店で客同士のケンカがあったが、すぐ、おさまったし、この店は瀬戸内ビューの経営ではなかった。

瀬戸内ビューのホテルや店舗は平常どおり営業しているし、子会社、瀬戸内交通の観光バスやタクシーも、普通に動いていた。

犯人からの警察へのメールと同じものが、瀬戸内ビューにも届いている筈《はず》だった。

だが、瀬戸内ビューは、警察に対して、あいまいな返事しかしていない。マスコミに、書き立てられて、会社の評判が悪くなったり、観光客が来なくなるのを警戒してのことだろう。

警察も、記者会見で、メールのことは、話していなかった。

こちらの方は、パニックになるのを恐れたからである。

それに、県警が、観光シーズンたけなわの時期ということを、考慮したこともあった。

尾道も、しまなみ海道も、瀬戸内海も、観光の目玉である。

もし、その尾道―しまなみ海道―瀬戸内海のルートに、危険があると知れば、間違いなく観光客は、激減してしまうだろう。

それを、県警本部長が、考慮して、メールのことを非公開にしたのである。

「従って――」

と、本部長は、捜査会議で、刑事たちに、檄《げき》を飛ばした。

「犯人たちの脅迫には絶対に、屈することは出来ないし、また、観光客に被害を出すことは、絶対に、防がなければならない。もし、被害が出れば、なぜ、事前に、メールのことを、公表しなかったかと、警察が、批判されるに決っている。警察の責任が問われるのだ。そこを考えて、全力をつくして欲しい」

警察の威信にかかわることは、誰にも、わかっていた。

本部長は、もちろん、勝手に犯人からのメールを公表しないと、独断したわけではなかった。

事は、重大なので、彼は、広島県知事にも、相談している。

知事も迷った末に、公表しないことを決断し、それを県警本部長に伝えている。

今、知事に第一に期待されるのは、景気の回復である。

そんな時、しまなみ海道に、観光客が、パッタリ来なくなったらどうなるのか。

厖大《ぼうだい》な建設費を注ぎ込んで、四国の今治《いまばり》まで橋でつないだのである。その近代的な橋に一台の車も走っていない光景を想像すると、知事としては竦然《しょうぜん》としてしまうのだ。

だから、県警本部長に対して、脅迫メールのことは、公表するなと命じた。

しかし、もし、しまなみ海道で死傷者が出たら、知事は、警察が大丈夫だというから黙殺することにしたのだというだろう。

本部長には、それも、わかっていた。

二日目。

何も起きなかった。

警察の警戒は、続いている。しまなみ海道にある瀬戸内ビューのホテルと、店舗に対する警戒は、続けられているし、瀬戸内交通のバス、タクシーは、毎日、動かす前に、綿密に、車体を調べた。時限爆弾が、車体に仕掛けられていないかどうかを点検したあとに、出発させた。

そうした努力が、結果的に、犯人たちの動きを抑えているのだと、本部長は、見ていた。

三日目。

何の動きもなかった。

十津川と亀井は、わざと、レンタカーを借りて、その車で、尾道から今治までの間を、パトロールした。

県警の覆面パトカーを使わなかったのは県警への遠慮もあるが、ひょっとして犯人たちは、覆面パトカーについて一台、一台、しっかりと把握しているのではないかということも、考えたからである。

犯人たちは、周到に計画して、第一段階、第二段階の犯行を実行している。

特に、第二段階では、半年も前から、大通りをへだてて二軒の家を用意し、その間に地下道を掘って、連結しておいたのだ。

と、すれば、第三段階の攻撃も、突然、考えたものではなく、時間をかけて、用意されたものに違いないのだ。

彼等は、しまなみ海道について、徹底的に調べたに違いないし、広島県警についても、調べたに違いなかった。

当然、県警が所有するパトカーについても、調べていることが、十分に考えられるのだ。

だから、十津川はレンタカーを借りた。

通行料も、いちいち、支払った。

何処《どこ》かで、犯人たちが、監視しているような気がしたからである。

四日目。五日目。

いぜんとして、何も起きなかった。

十津川と亀井は、六日目も、レンタカーを走らせた。

快晴。

しまなみ海道は、観光バスや、乗用車が、あふれていた。

自転車も、走っている。リュックを背負い、歩いて、橋を渡っている若者もいる。

尾道から、今治までの十カ所の橋を、自転車や、或いは、徒歩で渡れるのが、このしまなみ海道の特徴である。

「この橋が、爆破されたら、大変ですね」

亀井は、車を運転して、橋の一つを渡りながら、十津川に、いった。

車道の両側は、自転車用の道と、歩道がついている。

「ボロボロと、あの人たちが、海に落ちていくだろうね」

と、十津川は、いった。

「犯人たちは、そこまで、やるでしょうか？」

「それをやれば、しまなみ海道は、マヒしてしまうね。しかし、犯人たちの目的が、瀬戸内ビューに対する復讐だとしたら、橋を爆破するようなことはしないだろう」

十津川は、考えながら、いう。

因島《いんのしま》大橋だけは、二重構造の上を車が走り、下を、自転車と人が通るようになっているが、爆破での被害は、この橋でも同じに違いない。

伯方《はかた》・大島大橋を渡って、大島に入った。

「この島で、寄ってみたいところがあるんだよ」

と、急に、十津川が、いった。

「何処ですか？」

「村上水軍の資料館だ」

と、十津川は、いった。

「しかし、今は――？」

「事件の真っ最中だというんだろう。だが私としては、どうしても資料館を見たい」

と、十津川は、いった。

「何か、今回の事件と、関係があるんですか？」

「容疑者筆頭の岡山観光社長の佐倉真一郎だがね。何かに、自分が、尊敬するのは、村上水軍だと、書いているのを見たことがあるんだよ。村上水軍は、昔、瀬戸内に覇権を唱えていた。自分も、それにあやかって、瀬戸内を制覇したいみたいな夢を書いていたんだ」

「それを、瀬戸内ビューに、追い落されたわけですね」

「それも、村上水軍に似ているんだよ。村上水軍は、南北朝の昔から活躍していたんだが、その後、織田、豊臣に味方しなかったために、追いつめられて、最後は、山口県屋代島に逃げたといわれているんだ。そんなところにも、佐倉真一郎は、自分の姿を重ね合わせているのかも知れないと、思っている」

「面白いですね」

「そして、このしまなみ海道は、村上水軍が、もっとも活躍した場所なんだ」

「そういえば、因島には、水軍城が、ありましたね」

「全ての島に、村上水軍の痕跡《こんせき》があるといっていい。この大島は、住民の中に、村上姓が多いことで、知られているんだ」

と、十津川は、いった。

「資料館に行ってみましょう」

と、亀井が、いった。

二百円の入館料を払って、中に入る。

村上水軍の将、武吉が着用した陣羽織や、鎧《よろい》が、飾られていた。

朱色の陣羽織には、村上水軍の旗印だった㊤のマークが、入っている。

村上水軍の戦略の研究書も、あった。

「村上水軍栄光の歴史ですね」

と、亀井が、いう。

「そうだな。佐倉も、自分たちの作った岡山観光の栄光を考えていたのかも知れない」

「それが瀬戸内ビューに潰されたと思い、復讐を誓ったということでしょうか?」

「この島の傍に、来島《くるしま》海峡がある」

「潮流の激しいところでしょう」

「その激しい潮流で、村上水軍は、鍛えられたといわれるんだ」

と、十津川は、いった。

館内には、来館者が、記名するノートも、用意されていた。

十津川は、ある期待を持って、そのノートを、繰ってみた。

彼の想像は、適中した。

記名者の中に、「佐倉真一郎」の名前があったのだ。

亀井も眼を光らせて、その名前を見つめた。

「例のメールが、尾道署に届いている最中ですよ」

と、亀井はページの日付を見て、いった。

「彼は、われわれが、ピリピリしてる最中に、この島に来ていたんだよ」

「しかし、しまなみ海道が、狙われていると、わかってからは、尾道側の入口と、四国今治側の両方で、検問を強めている筈です。検問に当る刑事には、佐倉真一郎たち五人の顔写真を、持たせていますが」

と、亀井は、首をかしげた。

十津川は、笑って、

「島々に、昔は、橋は、架かってなかったんだ。架橋は、最近のことだよ。それまでは、船で、渡っていたんだ」

「しかし、架橋されて、連絡船は、消えたんじゃありませんか？」

「大きな島々は橋で連絡されたが、この辺りは小さな島が沢山ある。そんな島々には、今でも連絡船が運航されているんだ。この大島の傍に、村上水軍の本拠地だったといわれる能島《のしま》があるが、そこには橋がかかっていないから、船で通るより仕方がない。それに、海上タクシーもある」

「海上タクシーですか？」

「個人営業の小さな船だよ。私の聞いたところだと、船長は、たいてい、長い船乗り生活をおえてから、海上タクシーを始めたということで、瀬戸内海のことは、自分の庭のように、熟知していて、どの島にでも、運んでくれるらしい」

と、十津川は、いった。

「佐倉真一郎も、その海上タクシーで、この大島に来たんでしょうか？」

「多分そうだろう。海上タクシーの船長に佐倉の知り合いがいれば、いつでも自由に、何処へでも行けるさ。その海上タクシーまで監視するのは、まず無理だろう」

「では、しまなみ海道への襲撃も、犯人たちは、海上から、行うでしょうか？」

亀井は、不安感を滲《にじ》ませて、いった。

「それは、どうかな」

十津川は、首をかしげる。

海上タクシーで、島に渡るのは、可能だろう。だが、瀬戸内ビューのホテル、店舗には、警察が監視しているから、接近するのも難しい筈である。そして、時限爆弾を仕掛けることは、出来ないだろう。

十津川の携帯が鳴らないから、今日も、しまなみ海道では事件は起きていないのだ。

「そろそろ、尾道に戻ろうか」

と、十津川は、いった。

今治側の入口は、愛媛県警が、監視しているから、そこまで、パトロールする必要はないと、考えたのだ。

再び、伯方・大島大橋を渡る。

橋の下の海には、小さな漁船が、沢山、出ている。

小さな島も点在している。その中には十津川のいった能島もあった。周囲わずか七百二十メートルの小さなこの島は村上水軍の本拠地で、昔は、巨大な造船所や鉄工所もあった一大軍事基地だったといわれる。

佐倉は、あの島にも、海上タクシーをチャーターして行ったことがあるのだろうか。

十津川と亀井は、レンタカーで、大三島、生口島《いくちじま》、因島、向島《むかいしま》と、逆走した。

時々、観光バスと、すれ違う。天気は、相変らず、良くて、どの島も、どの橋も、平和そのものだった。

尾道に戻り、今や、見なれた景色の一つになった三階建の尾道警察署に入った。

刑事たちも、警官も、殆《ほとん》ど、出払っている。全力をあげて、瀬戸内ビューの建物や、瀬戸内交通の車両の点検のために、出かけているのだ。

県警の滝本警部が、疲れた顔で、帰ってきた。

本部長に、異常なしと、報告してから、十津川に、

「犯人たちの最後通告があってから、今日で六日目ですよ。連中は、どうしているんですかね？　何もないと、かえって、いらいらしますね」

と、いった。

「われわれが、しびれを切らして、警戒を解くのを待っているのかも知れません。犯人たちは、六億円の大金を手に入れていますから、いつまでも、じっくりと、待てるわけで

す」

十津川が、答える。

部屋の壁には、しまなみ海道の地図が、貼られていた。

「敵は、そうかも知れませんが、われわれの方は、連日、緊張した時間を過ごしていますから、その中《うち》に疲れ切ってしまいますよ。第一、犯人たちは、今頃、何処で、何をしているんですかね？　尾道側と反対の今治側、うちと、愛媛県警とで、毎日、検問していますが、佐倉真一郎たちは、現われていませんがね」

「船ですよ」

十津川は、大島の資料館で、備付のノートに、佐倉真一郎の名前があったことを、伝えた。

「それを記入した日は、例のメールが、尾道署に、届いている最中です。従って、彼は、船で、大島に渡ったと思います。海上タクシーにでも乗って」

「なるほど。しかし、もぐりの海上タクシーもあるから、見つけ出すのは、まず、無理ですね。漁船をチャーターしたのかも知れません」

と、滝本は、いってから、

「では、十津川さんは、海上からの攻撃があるとお考えですか？」

と、きいた。

「わかりません。ただ、犯人たちは、しまなみ海道を、炎で包むと、宣言しています。とすると、やはり、陸上から攻撃するような気もするんですがね」

と、十津川は、いった。

捜査本部の意見も、分れた。

陸上からの攻撃と、海上からの攻撃の二つである。

海上からの攻撃も、無視できないので、警察は、しまなみ海道周辺に住む漁師や、海上タクシーなどの代表者を呼び、協力を要請した。

佐倉真一郎たちの写真のコピーを渡し、この男女を見たり、何かを頼まれたりしたら、すぐ警察に連絡してくれと、依頼した。

七日目。

八日目。

事件は、起きず、と、いって、佐倉真一郎たちも、見つからなかった。

どうしても、刑事たちの間に、倦怠感《けんたいかん》が、生れてきた。

捜査会議で、

「犯人たちは、攻撃を、中止したんじゃありませんか」

という、県警の刑事も出てきた。

「どうして、そう思うのかね？」

と、本部長が、きく。

「瀬戸内ビューが、犯人たちと、取引きをしたんじゃないかと思うんです」

と、若い久保という刑事は、いう。

「どんな取引きだ？」

「今までの二回、犯人たちは、瀬戸内ビューと、取引きをして、五億円と、六億円の大金を要求し、二回目は、まんまと成功し、六億円を手に入れて、逃亡しました。そのことに満足して、人質も、解放しました。しかし、その後連中は、また、金が欲しくなったのではないかと、思うのです。と、いって、また、長谷川社長の娘を誘拐することは、警戒が、厳重になっているので、難しい。そこで、瀬戸内ビューの中枢といえるしまなみ海道に眼をつけ、それを、火の海にすると脅したのです。警察には、取引きのことは、メールしていませんが、瀬戸内ビューには、取引きを、申し出ていたんじゃないかと思うのです」

久保刑事は、いった。

「金か？」

「他に考えようはありません。もちろん、要求したのは、億単位の金でしょう」

「しかし、それならなぜ警察にまでメールを送りつけて来たんだ？　瀬戸内ビューと取引きをする気なら、警察には知られずに内密にやった方が得なんじゃないかね？」

と、本部長が、いった。

「多分、犯人たちは、警察を利用して、瀬戸内ビューに対する圧力を倍加させようとしたんだと思います」

と、久保刑事は、いった。

「警察が、騒ぐと、圧力が倍になるということか？」

「そうです。警察が、必死になって、検問したり、建物や車両に、時限爆弾が、仕掛けられていないかどうか、を毎日、点検したりしていれば、いやでも、瀬戸内ビューのお偉方は、圧力を感じると思うのです。そして、万一の時の損害を考えると、何億でも払った方が、トクだと計算して、取引きに応じたんじゃないかと思うのです。犯人側と取引きをしたとはいえないので、瀬戸内ビューは、黙っている。犯人たちも、別に、警察に何もいわない方が、トクだと思って、沈黙している。そんなところではないのかと、考えたんですが」

と、久保刑事は、いった。

「一理あるが、他の者の意見も聞きたい。滝本警部は、どうだ？」

本部長は、滝本の顔を見た。

「久保刑事の考えは、考えとしては、面白いと思います。彼のいうとおりかも知れません。しかし、そうでない可能性もあるわけです。その可能性が少しでもある限り、警戒を解くのは、危険です」

と、滝本は、慎重に、いった。

「では、今までどおり、検問と、点検を、続けろというんだな？」

「そうです」

「しかし、いつまで、やればいいんだ？　県警が、このしまなみ海道に貼りついているので、他の場所での事件が、多くなった。どうしてくれるんだという投書も来ているんだよ」

と、本部長は、いった。

「わかります」

「元来、警察というのは、起きた事件を、捜査するのが、仕事だ。しまなみ海道の事は、まだ、起きていないんだ。それに、多数の刑事や、警官を、動かしている。それも、毎日、同じ作業をやっている。検問と、点検だ。若い刑事の中には、当然、不満が、出てくる筈だ。いつまで、同じことやればいいのかという疑問だよ。君は、それに対して、どう答えるんだ？」

と、本部長が、きいた。

「正直にいって、いつまでとは、答えられません。しかし、明日、中止したら、その時点で、犯人たちは、攻撃をしかけてくるかも知れません」

「それじゃあ、同じことの繰り返しじゃないか。犯人が、何をやるかという具体的なこともわからんのかね？」

本部長が、険しい眼で滝本を見つめた。

厳戒態勢を敷いて、すでに、一週間、全員が、いらだっているのだ。

本部長だけでなく、刑事たちもである。

「君は、どうだ？　本庁の優秀な刑事の考えも聞きたいが」

と、本部長は、今度は、十津川に、いった。そのいい方には、トゲがあった。

「正直にいいまして、私にもわかりません。ただ滝本警部にも申し上げたんですが、佐倉真一郎は大島の村上水軍の資料館に行き、そこに自分の名前を記帳しています」

「だから、どうなんだ？」

「何かで、彼が、村上水軍を、尊敬しているというのを読んだことがあるのです。その記帳は、あのメールの最中に行われています。ということは、なみなみならぬ覚悟を記帳という形で、示したのではないかと、思うのです」

と、十津川は、いった。

「なみなみならぬというのは、具体的に、どういうことかね？」

「しまなみ海道を火の海にするということです」

「それは、瀬戸内ビューのホテルや店舗を、焼き払うということかね？」

「かも知れませんし、瀬戸内交通の車両を、走行中に、爆破するつもりかも知れません。いずれにしろ、犯人は、何かを、焼き払う気です」

「問題は、いつかということだ」

また、本部長の顔が、険しくなった。

どうしても、問題は、そこに、帰着してしまうのだ。

その時、すでに、計画は実行に移されていた。

3

午後九時。

新大阪駅前を出発する長距離バスは、二十六人の乗客をのせて、四国に向って、スタートしていた。

山陽道を走り、翌朝には、広島に到着。尾道市内で、朝食をすませてから、しまなみ海道を抜けて今治に渡り、道後温泉に着くというバスだった。

その途中の大三島では、有名な尾道ラーメンが、提供される。

大型観光バスの車体には、ＯＳＡＫＡのマークが、入っていたが、瀬戸内ビューが、大阪で、集客した観光客だった。

その長距離バスは、夜明けには、広島に入り、午前九時に、尾道市内の食堂Ｋで、魚料理の朝食を、出された。

瀬戸内でとれた新鮮な魚料理である。

そのあと、ひと休みしてから、二十六人の乗客は、再びバスに乗り込んだ。

女性添乗員が、これから走るしまなみ海道について、説明した。

他の四国連絡橋と違って、しまなみ海道にかかる十個の橋は、サイクリングも、ウォーキングも可能で、観光の楽しさが味わえるようになっている。

それに、しまなみ海道の周辺は、村上水軍の生れた場所でもあり、ここの島々に住む漁師の多くは、その子孫だといわれている。また、この辺りは、潮の流れが速く、その激しい潮流に鍛えられたので、村上水軍は、強くなった。

そんなことを、添乗員は話した。

尾道大橋の入口で、県警が、検問を実施していた。

すでに、八日間、検問は続けられている。瀬戸内交通のバスやタクシーは一台ずつ入念に調べるのだが、どうしても他のバスには、それだけの注意は払わなかった。

問題の長距離バスは、簡単に、検問を通過した。

それでも、二十六人の乗客は、検問を、不審がった。

女性添乗員は、そんな乗客の不安を打ち消そうと、自然に多弁になった。

「これから、向島に渡る最初の橋を渡ります。ここには、二本の橋が、かかっています。最初は、尾道大橋をかけたのですが、交通量が、予想以上に多かったために、急いで、もう一本の橋をかけました。これが、新尾道大橋で、こちらは、自動車専用になっています」

バスは、一つ目の向島に渡る。

次は、因島大橋を渡って、因島に。

好天気に誘われるように、他の観光バスも、走っていて、問題の長距離バスは、その流れの中に、入ってしまった。

三つ目の生口島。

そして、多々羅大橋を渡って、大三島に向う。

「この多々羅大橋は、世界最長の斜張橋です。橋を渡ると大三島で、ここで、有名な尾道ラーメンを食べて頂きます。大三島はラーメンの他に、鶴姫物語でも有名です」

添乗員はその鶴姫物語を説明する。

天文《てんぶん》十二年（一五四三年）の六月、荒れる海上で、周防大内《すおうおおうち》の軍勢と、三島水軍とが、戦った。

十八歳の鶴姫も、父三島安用から頂いた鎧《よろい》を着用して戦った。戦いが終って、三島城に鶴姫も引き揚げて来たが、恋人の越智安成の姿はなかった。

鶴姫は、恋人を失った悲しみを、

「わが恋は　三島の浦のうつせ貝
　むなしくなりて　名をぞわづらふ」

の歌を残し、その夜小舟を漕《こ》ぎ出し、母の形見の鈴を抱いて、海に身を沈めた。今でも、この辺りの海を通ると、鈴の音が聞こえるという。

これが、鶴姫物語で、島の記念館には、その鶴姫が着用した鎧が、飾られている。

バスは、大三島に入るとインターチェンジでおり、島の反対側、宮浦港近くにある瀬戸内ビュー経営のレストランに向った。

駐車場が広く、すでに、何台もの観光バスや、乗用車が、とまっていた。

長距離バスは、その中に割り込む恰好《かっこう》で、駐車した。

「昼食の時間は、二時間を用意しております。食事のあとは、隣りのみやげ物店で、みやげ物を、お買い求め下さい」

と、添乗員がいい、乗客が、バスからおりて、眼の前のレストランに入って行った。

用意されたのは、尾道ラーメンだが、ここの名物のあなご料理も、別に注文できるようになっていた。

レストランの隣りのみやげもの店の経営も、瀬戸内ビューだった。

二十六人の乗客や、運転手、添乗員たちが食事を始めて十五、六分たった時だった。

突然、駐車場にとめてあった大型バスが、大音響と共に、爆発した。

屋根や、窓ガラスが、吹き飛び、その破片が、レストランの窓を直撃した。

レストランの窓ガラスが割れ、近くで食事していた人々は、悲鳴をあげて、逃げ散った。

爆発した大型バスは、たちまち、炎に包まれ、横に並んでとまっていた他の観光バスに、続々と、引火していく。

ガソリンタンクに火がつくと、轟然《ごうぜん》と、爆発した。

空気まで、熱くなってくる。

レストランの屋根も、燃え始めた。

従業員たちが、口々に、客に避難を呼びかけた。

近くにとまっていた県警のパトカーは、すぐ、広島県警と愛媛県警に急報した。

レストランが、燃え始めた。

4

十津川と、亀井は、レンタカーで、急行した。

大三島は愛媛県に所属しているから、愛媛県警の所轄なのだが、今までのことがあるので、広島県警のパトカーも急行した。

両県の消防車もである。

しかし、レストランと、みやげもの店を全焼するまで、火は消えなかった。

広島、愛媛両県警の合同捜査に、十津川たちが加わっての捜査ということになった。

広島県警の滝本警部、それに、愛媛県警捜査一課の河野警部が加わり、十津川も参加して、火災原因について、調べることになった。

レストランの客や、駐車場にとまっていた乗用車の客の証言で、最初に爆発したのは、大阪から来た大型バスだとわかった。

「すごい音で爆発した」

「バラバラと、破片が落ちて来た」

「すぐ、バスが炎に包まれた」

「五分もすると、隣りにとまっている観光バスが燃え出した」

そんな声が、聞かれた。

爆発物処理班も、到着し、消防と協力して、爆発原因について、徹底的に調べられた。

その結果、大型バスの床下に設けられた荷物室に、プラスチック爆弾が、仕掛けられていたらしいということになった。

燃えた時限装置も、見つかった。

「誰かが、何処かで、そのタイマーのスイッチを入れたと思われる」

と、爆発物処理班は、結論づけた。

一番疑われるのは、問題のバスに乗っていた人たちである。

運転手、添乗員、それに二十六人の乗客は、愛媛県今治警察署で、両県警の刑事から、事情聴取を受けた。

まず、その中に佐倉真一郎たちがいないかということだったが、それは外れた。

二十六人の乗客は、いずれも、大阪の人間で、瀬戸内ビューと、関係がある人間は、いないようだった。また、岡山観光ともである。

大阪市内の小さな旅行社が、今年になって募集した観光ツアーだった。バスも、その会社が、チャーターしたものだった。

運転手と、女性添乗員にも、怪しいところはなかった。

ただ、このツアーは、その小さな旅行社が、しまなみ海道に力を持つ瀬戸内ビューに売った企画だと、わかった。

だから、狙われたのだろうか？

被害の総額も、わかった。
○炎上した車両
大型バス七台
乗用車三台
○炎上した建物
レストラン一店（全焼）
みやげもの店一店（全焼）
○負傷者

七人

瀬戸内ビューでは、被害額を、約十七億円と、発表した。

今治署で、その日の夜開かれた捜査会議では、誰が、どうやって、プラスチック爆弾を仕掛け、爆発させたかが、まず、議論された。

「仕掛けたのは、間違いなく第一、第二の事件を起こし、メールで瀬戸内ビューと広島県警を脅迫してきた犯人たちだと思います。彼等は瀬戸内ビューを憎んでおり、瀬戸内ビューの本拠地であるしまなみ海道を炎に包むと、宣言していたのです」

と、まず、十津川が、説明した。

ついで、広島県警の滝本警部が立った。

「問題のバスに、プラスチック爆弾を、タイマーつきで、仕掛ける場所と時間ですが、第一に、出発した大阪が、考えられます。次は、朝食のために寄った尾道市内のレストランです。この二カ所以外には考えられません。では仕掛けたのは、誰かということになります。バスの運転手、添乗員、それに二十六人の乗客は、今までの調べでは、無関係と思われますが、大阪府警の協力を仰いで、更にこの二十八人を、徹底的に、調べ直すことを考えています」

と、滝本はいった。

愛媛県警の河野警部は、今までの事件に、関係してないので、この時は、もっぱら、聞き役に廻っていた。

滝本警部は、更に続けて、

「ここに問題のツアーの募集パンフレットがあります」

と、いい、それをコピーして、刑事全員に、配った。

「このスケジュールによると、前日の午後九時に、新大阪駅前を出発し、本日の午前九時に、尾道に着き、市内のレストランで朝食。そして、十二時に大三島のレストランで、昼食ということになっています。午前九時の尾道は、その通りになりましたが、大三島に、正午に着き尾道ラーメンで昼食というのは、一時間近く、遅れてしまいました。これは、検問のためです。犯人が、何処で、バスを爆破しようと計画していたのか、わかりませんが、大三島のレストランに着き、乗客が、食事のために店に入ったあとで、爆発させようと考えていたとします。もし、そうだとすると、新大阪出発の時に、タイマーを、翌日の正午に合わせていたとすると、完全に、失敗したことになります。大三島へ着く途中で、爆発してしまいますから」

「私も同感です」

と、十津川が、いった。

「尾道市のレストランで、乗客が、朝食をとっている間に、犯人が、タイマーをセットしたとしても、同じことが、考えられます。と、いうのは、検問による遅れが、何分か計算できないからです。尾道入口の検問所に、車が詰ってしまうかどうかは、実際に、そこへ行ってみなければ、わかりません。犯人が、何処で、バスを爆破してもいいというのであれば別ですが、何時と、限定するつもりだったら、尾道市内で、朝食中に、タイマーをセットすることも、難しいと思われます」

十津川がいうと、愛媛県警の河野警部が、

「では、犯人は、何処で、時限爆弾のタイマーをセットしたと思うんですか？」

と、きいた。

その質問に、滝本が、

「検問所を通過したあとは、大三島まで、これといった障害はありませんから、タイマーをセットして大丈夫だと思います」

と、答えた。

「しかし、検問を通ったあとは、問題のバスは、大三島まで、何処にも、停まっていないんじゃありませんか？」

と、河野がきく。

「そうです。バスの運転手も、添乗員も、乗客も、検問所を通過してから大三島のレストランまで、一回も停まっていないと、証言しています」

「では、何処でタイマーを、犯人は、セットしたんですか？」

と、河野が首をかしげた。

「二つに分けて考えたらいいんじゃありませんか」

と、十津川が、いった。

「どういうことですか？」

河野が、わからないという顔をした。

「こういうことです。プラスチック爆弾を、バスの下部の荷物室に仕掛けたのは、多分、出発地点の新大阪だったと思います。時間の余裕があるし、一番仕掛けやすいですから」

と、十津川は、いった。

「じゃあ、タイマーの方は？」

「それは、無線によって、作動するようになっていたのではないかと、考えたんです。発信したとたんに、爆弾に仕掛けたタイマーが動き出すということです。そして、三十分後なり、一時間後に爆発する。一番確実なのは、バスが、大三島のレストランに着いたのを確認してから、無線電波を送って、タイマーを作動させるという方法です。それなら、思う時間に、爆発させられますから」

と、十津川は、いった。

「ということは、犯人は、無線機を持って、あの駐車場に待っていて、バスが到着し、乗客が降りたときを見はからって送信し、タイマーを作動させるということですね」

「そうですが――」

と、十津川は、いったん肯《うなず》いたが、

「違うかも知れません」

「なぜですか？」

「あのレストランも、隣りのみやげもの店も、瀬戸内ビューの経営なので、警察が、監視していました。そうした場所で、犯人が、発信機を持って、バスの到着を、待っていた。

そうした危険を、犯人が、おかすとは、考えられないのです。用心深い連中ですから」

　と、十津川は、いった。

「では、何処で、タイマーを作動させたんです？」

「検問所を、バスが通過したあとであることだけは確かです。それから、バスが、大三島に着くまでの間です」

　十津川がいって、河野と、滝本は、しまなみ海道の地図に眼をやった。

　河野が、いう。

「尾道口の検問所を通ったあと、バスは、尾道大橋を渡って、向島に入り、次に、因島大橋を渡って、因島、生口橋を渡って生口島、そして、多々羅大橋を渡って、大三島に入る。この間ということですね」

「そうなります」

「しかし、その間に、犯人が、発信機を使ったとします。もし、それが発見されたら、しまなみ海道の両端、尾道と、今治の検問所に連絡されたら、犯人は、袋の鼠《ねずみ》になってしまうんじゃありませんか」

　と、河野は、いった。

「途中の島、向島、因島、生口島のいずれかから、船で逃げる方法がありますよ」

滝本が、口を挟んだ。

「それも、大変じゃないんですかね」

と、河野がいった。

「確かに、大変かも知れない。とすると、船で逃げるのは無理かな」

と、滝本自身も、いう。

「いや。船だと思います」

と、十津川が、いった。

「しかし、島から、船で逃げるのは、大変ですよ」

と、滝本。

「いや。島からの逃亡に、船を使ったとはいっていませんよ」

「じゃあ、何に船を使ったというんです？」

「犯人が、前もって、船に乗って、船の上から、無線機を使ったのではないかということです。犯人は、新大阪で、プラスチック爆弾を、バスの下部にある荷物室に、仕掛けた。そして、無線で、タイマーが動き出すようにしておく。一方、共犯者は、海上タクシーか、漁船をチャーターして、翌日、橋の下で、待っている。問題のバスが、橋を通過していくのを見て、あらかじめ用意しておいた周波数の電波を、船の上から発信する。それで、タイマーは、動き出すわけです」

と、十津川は、いった。

「なるほど。そうなると、一番いいのは、大三島へ入る多々羅大橋ということになって来ますね」

と、河野が、いった。

「そうですね。その橋をバスが渡るとき、タイマーを作動させれば、一番、目的の時刻に、爆発させ易いですよ。橋を渡ったあとは島に入り、大三島インターチェンジでおりて、あとは、県道を、例のレストランまで走る。それなら時間は簡単に計れます。他の手段では、正確に時間を計るのは難しい。大三島から離れれば、離れるほど、難しくなります」

と、十津川は、いった。

「すぐ、船を探しましょう。事件当日、犯人が、チャーターしたと思われる船をです」

と、滝本が、いった。

5

刑事たちは、一斉に、船探しを始めた。

しまなみ海道周辺の海上タクシー、漁船、それにモーターボートを、一隻ずつ、しらみ潰しに、洗っていく作業である。

その一方で、犯人たちは、大三島にある瀬戸内ビューのレストランと、みやげもの店を、全焼させて、それで、満足したかどうかが、議論された。

満足してなければ、犯人たちは、また、何かやるだろう。

瀬戸内ビューは、弁護士を立て、その弁護士が、警察に、抗議にやって来た。

大和田という老練な、瀬戸内ビューの顧問弁護士である。

「警察は、本気で、瀬戸内ビューを、理不尽な暴力から守る気があるのかどうか、お伺いしたい」

と、大和田は、いった。

「全力をつくしていますよ」

と、滝本警部が、答える。

大和田は、鼻にしわを寄せて、

「今回の事件で、瀬戸内ビューが受けた損失は、少く見積っても、十五億円です。それに、駐車場で、焼けたバスや自家用車についても、瀬戸内ビューの駐車場での事件だから、責任をとれということになると、二十億円以上になります。警察が、もし、その前に、犯人を逮捕していたら、或いは、警戒を完全なものにしてくれていたら、瀬戸内ビューは、こんな大きな損失を、受けずに、すんだんですよ」

「もともと、瀬戸内ビューは警察に対して、非協力的だったんですよ」

と、十津川が、いった。

「瀬戸内ビューは、会社として莫大な法人税を払っているし、長谷川社長は、個人として税金を払っています。こちらも高額の税金をね。当然、警察に守って頂く、権利がある」

「だから、全力をつくしたと答えていますよ」

と、滝本が、いった。

「では、お聞きするが、犯人は、複数を考えられているようです。その犯人たちを、いつになったら、逮捕して貰えるんですか？　それが、はっきりしないと、これから、安心し

て、しまなみ海道のホテルや、店をオープンしていけないと、長谷川社長は、いっていま
す。当然のことでしょう」
「犯人は、わかっています」
滝本が、いうと、大和田弁護士は、一層、皮肉な眼つきをして、
「それならさっさと逮捕して下さい。日本の警察は、優秀だと信じています。しかも、本
庁の刑事さんまで、参加しているんでしょう。それが、ひとかたまりの犯人に、ほんろう
されて、手も足も出ないというのは、情けない限りじゃありませんか」
「瀬戸内ビューが、もっと、協力して下されば、もっと早く、事件を解決できるのですが
ね」
十津川は、腹が立って、反撥した。
「それは、奇妙ですね。瀬戸内ビューとしては、可能な限り、警察に協力していますよ。
ホテル、店舗へ、警官が、立ち入るのは、営業的にマイナスですが、捜査に協力しなけれ
ばということで、眼をつむっているのです。これ以上、何をしろというのですか。全て、
犯人を逮捕できない、いいわけとしか私には聞こえませんな」
「焼けたレストランと、みやげもの店ですが、保険に入っているんでしょう?」

河野が、眉をひそめて、大和田を見た。

「もちろん入っていますが、損失の全額が、補償されるわけじゃない。それに、それが一番問題なのは、瀬戸内ビューの信用ということです。観光事業でもっとも大事なのは、信用ですよ。瀬戸内ビューの建物に近づくと、危険だという評判が生れたら、現に生れつつありますが、それこそ、瀬戸内ビューの死活問題になります。その損害は何十億、何百億にふくれあがってきますよ。保険で払われるのだからいいじゃないかという言葉は警察の失態を隠すための弁解にしか過ぎませんよ。怒りを覚えますね」

大和田が、険しい語調で、いった。

「そういう意味ではなかったのですが、不用意な言葉でした。申しわけない」

と、河野が頭を下げた。

「それで、今日は、何を要求されるつもりですか？」

と、十津川が、きいた。

大和田弁護士は、十津川を見すえて、

「こうした事件を防ぐ最高の手段は、犯人の逮捕です。こんなことは、よくおわかりのことだと思う」

「もちろん、わかっています」

「それなら、とにかく、一刻も早く、犯人を逮捕して頂きたい。犯人とわかっているのなら、難しいことではないでしょう。もう一つ、瀬戸内ビューが、狙われたというようなことは、マスコミに発表しないで欲しい。最後に、もし、警察に、犯人逮捕が出来ないのなら、瀬戸内ビューとしては、自分の力で、自分を守るより仕方がない、それも申し添えておきます」

大和田は、そういって、帰っていった。

「最後の言葉は、どういう意味ですかね？」

滝本が、十津川と、河野を見て、首をかしげた。

「自分たちで、勝手にやるから、警察は、邪魔するなということでしょう。われわれに対する挑戦ですよ」

と、十津川が、いった。

「S組のことをいってるのかな。暴力団のS組と、瀬戸内ビューと関係があるということは、公然の秘密ですからね」

と、滝本。

「もし、S組の力を借りれば、瀬戸内ビュー自身のためにならないのにね」

「弁護士が、そんなことを口にするのは、解《げ》せませんね」

「だから、長谷川社長自身の意志だと思いますよ」

と、十津川は、いった。

そんなことになる前に、犯人たちを逮捕しなければならない。

三人の警部は、そう思った。

「問題は、犯人たちの動きですね。これで、あき足らず、更に、瀬戸内ビューへの攻撃を続ければ、瀬戸内ビューは、S組の力を借りることになるでしょう。そうなると、法律を無視する殺しが、行われる可能性が、出てきます」

十津川は、宙を見すえるようにして、いった。

それにしても、佐倉真一郎は、何処に消えてしまったのだろうか？

第四章　生口島《いくちじま》

1

広島県警捜査四課の協力が、必要になってきた。

S組の動きを監視するためだった。

瀬戸内ビューは、警察は、頼むに足らずと見て、S組の助けを借りて、自衛行動に出るのではないかという予想があったからである。

しかし、県警の滝本警部を通じて知らされるS組の動きは、ひどく鈍いものだった。

「S組の組員が、しまなみ海道へ入って来ているという徴候は、今のところありません。四課の話でも、S組の本部にこれといった動きもないし、幹部連中の話でも、瀬戸内ビューを助けに行けという指令は出ていないと、いっています」

「すると、瀬戸内ビューは、あくまで自分たちの力だけで、防衛しようと考えているということですか」

「そうとしか、考えられません」

「どうも、解《げ》せませんね」

と、十津川は、いった。

「瀬戸内ビューの発表では、長距離バスの爆発によって、十七億円の損害を出したといっていますよね。瀬戸内ビューは、観光会社としては、大手ではあっても、十一億円の身代金を奪われた上に、十七億円の損害となれば、大きな痛手だと思うのです。それなのに、警察にも、非協力的だし、その上、S組の助けも借りないというのは、何を考えているのか、わかりませんね」

「私も同感ですが、瀬戸内ビューには、彼等なりの考えがあるんじゃありませんか」

と、滝本は、いった。

「しかし、犯人は、また、しまなみ海道の、瀬戸内ビューの施設を襲うことは、十分に考えられますよ。瀬戸内ビューは、それを防ぐ力はあるんですかね？」

「わかりませんが、何か自信があるので、依然として、警察に非協力的なんでしょう」

「それとも、犯人たちは、もう、襲撃を止めると、瀬戸内ビューは、楽観しているんですかね？」

「ひょっとすると、何か、取引きをしたのかも知れません」

と、滝本は、いった。

「そうだ。それも考えられますね。犯人たちが、爆破で痛めつけておいて、裏で、取引きを、ちらつかせたことも、一回の爆発で、十七億円もの損害を受ければ、何億かで、瀬戸内ビューが、手を打つことも、十分に考えられますよ」

十津川は、誘拐事件のことを思い出していた。

犯人たちは、瀬戸内ビュー社長長谷川要の娘かえでを誘拐して、最初は五億円、二度目に六億円の身代金を要求し、まんまと、手に入れた。

しまなみ海道を舞台にした爆弾事件も、形を変えた誘拐事件かも知れなかった。

海道の瀬戸内ビューの施設を、人質にしたのである。その取引きに、瀬戸内ビューは、応じたのだろうか。

考えられないことではなかった。

脅迫にあった企業が、警察に内緒で、脅迫者と裏取引きするのは、しばしばあることだし、警察は、それを止めることは、出来ない。

十津川たちは、瀬戸内ビューの動きも、監視していたが、わからなかった。

佐倉真一郎たちの動きも、全く、伝わってこない。

「不思議ですね」

と、亀井が、いった。

「現に、しまなみ海道で、爆弾を積んだ大型バスが、爆破され、瀬戸内ビューは、十七億円の損害を受けているんです。その犯人は、佐倉真一郎たちです」

「そうだ」

「それなのに、何もわかりません。彼等の動向は、全く、つかめません。瀬戸内ビューの方も、じっと、黙りこくっている。これは、どういうことなんでしょう」

「県警は、地道に、爆薬の線を調べているよ。使われたのが、プラスチック爆弾なので、犯人が、どうやってそれを手に入れたか、調べている」

「それで、何かわかったんですか？」

「入手先として、一番可能性があるのは、オキナワの米軍基地だ。噂《うわさ》としては、兵士の中に、プラスチック爆弾、通称C４を、何本も闇に流した者がいるといわれているが、何しろ、相手が米軍なので、実態が、つかめないといっていた」

「プラスチック爆弾を、闇に流した兵隊には、事情聴取は出来ないんですか？」

亀井が、きくと、十津川は、笑って、

「向うさんは、そういう兵士は、本国に送還してしまっているから、会うことも出来ないし、アメリカに帰った兵士が、現在、何処にいるかもわからないそうだ」

「捜査は、壁にぶつかっているということですか？」

「一見、そう見える」

と、十津川は、いった。

「一見というのは、どういうことですか？」

「カメさんも、いったじゃないか。不思議で仕方がないと」

「最初は、誘拐事件でした。大金が動いて、それが終ったと思ったら、今度は、しまなみ海道を舞台にした大復讐劇です。犯人は、メールを使って、刻々と、予告を続け、爆弾を積んだ大型バスが、走ったんです。ところが、突然、静かになってしまいました。予告に熱心だった犯人が、犯行声明でも出すのかと思ったら、それもなく、静まり返っていますし、被害者の瀬戸内ビューは、十七億円の損害を発表したあと、沈黙しています。私は、なぜ、十七億円の損害を発表したのかも、不可解なんです」

「どうしてだ？」

「これは、瀬戸内ビューに、追い詰められた岡山観光の復讐劇です。瀬戸内ビューにだって、当然、それは、わかっていた筈《はず》です。それなら、相手に、弱みを見せまいとすると思うのです。それなのに、瀬戸内ビューは、すぐ、十七億円の損害だと発表しています。それが、わからないのです」

「唯一、想像できるのは、取引きしたということだよ。取引きがすんだので、瀬戸内ビューは安心して、損害を発表した。そう考えれば納得できる」

と、十津川は、いった。

「果して、そうなんでしょうか？」

亀井が、珍しく、不安気な表情をした。

「じゃあ、カメさんは、どう考えるんだ？　両者の間で、取引きがあったんじゃないかといったのは、カメさんだぞ」

十津川が、からかい気味に、いった。

「そうなんですが、不安なんですよ」

「どう、何が、不安なんだ？」

「いろいろあります」

「いってみたまえ」

「取引きがあったとすれば、瀬戸内ビューは、身代金に続いて、大金を、犯人たちに払ったことになります。犯人たちが、まず、考えるのは、海外逃亡だと思うのです」

「そうだな、犯人は、佐倉真一郎を含めたグループとわかっているんだから、海外逃亡を図るだろうな。日本で、大金を使うのは、難しいからね」

「それなら、連中は、偽造パスポートを、入手しようとするとか、切符の手配をするとか、動くと思うのです。ところが、そんな動きが、全く聞こえてきません」

「カメさんは、それを、どう推理するんだ？」

と、十津川は、きいた。

「取引きがあったという私が、こんなことを考えるのは、おかしいかも知れませんが、こうしている間にも、また、次の犯行が、静かに進んでいるのではないかと」

亀井が、いった。

「例えば、どんなことなんだ？　また、大型バスの爆破か？」

「かも知れません。或いは、もっと、大きな爆発かも知れません」

「だが、何もないことも、考えられるんだろう？」

「そうなんです。ですから、余計、不安になってくるんです」

2

しまなみ海道の、尾道側から数えた、三つ目の生口島は、自然と文化が、巧みに混り合った島である。

この島は、人口一万人余り。島の傾斜地には、柑橘類《かんきつるい》が植えられていて、レモンは、日本一の出荷量を誇っている。

島の東側には、世界初の柑橘類のテーマパークがあり、この生口島は、文字どおり柑橘類の島である。

その一方、この島には、いたるところに、野外彫刻が置かれている。島ごと、美術館にしようという運動なのだ。

また、この島は画家平山郁夫が育ったところということで、立派な平山郁夫美術館がある。

また、ここには、日本一の音響効果を誇る音楽ホール「ベル・カントホール」がある。

もう一つ、この生口島で有名なのは、耕三寺《こうさんじ》である。

この寺が有名なのは、日光陽明門そっくりの孝養門があったり、奈良室生寺《むろうじ》を模した五重塔があって「西の日光」と、呼ばれている。

こうした美術館、ホール、耕三寺などは、島の西側に集中して、町役場もそこに置かれていた。

その地区の向い側、狭い海峡をへだてて、高根島《こうねじま》がある。

島と島の間には、高根大橋が、かかっていた。

旅館も、この地区に多く、また、八百メートルの砂浜が続く、中国・四国随一のマリンレジャー・スポットのサンセットビーチも、同じ西海岸にある。

高根島には、これといったレジャー施設はなかったのだが、島の南海岸に、二年前、瀬戸内ビューは、レストランを建てた。

このレストランの売りものは、料理よりも、海に張り出した海中展望塔だった。

レストランからも行けるが、海中展望塔だけに行くことも出来る。

海岸から海に向って、百二十メートル沖に、一見したところ、灯台に似た感じの海中展望塔が立っている。

海岸から、そこまで、コンクリートの橋がかかっていて、塔に着いたところで、観光客は、千円の料金を払う。

そこは、ティールームにも、展望台にもなっていて、エレベーターと、らせん階段で、下へおりて行くと、水深六メートルの海中の景色が、十二カ所の円窓から見える仕掛けになっている。

瀬戸内の魚、キス、カサゴ、スズキ、それに鯛などを、見ることが出来る。

毎日、職員が、エサをまき、魚たちを、集めているのだ。

開館は、午前九時で、年中無休。

高根島の住所は、豊田郡瀬戸田町である。町役場としては、みかんだけで有名な高根島に、観光客を呼びたいと思い、瀬戸内ビューの海中展望塔に協力してきた。

しまなみ海道で、大型バスの爆破事件があってから、十四日になった。

一時、観光客が、激減した。

しまなみ海道の観光は危険だと、マスコミが、大きく報道したからである。観光客が、怖がって、観光バスに乗らなくなってしまったのだ。十四日たって、少しずつ、観光客は、戻ってきたが、それでも、予想の七十パーセントぐらいでしかない。

町役場では、何とかして、観光客を呼び戻そうと、新しい宣伝ポスターを多量に作って、東京や、大阪で、配ったり、日本一といわれる瀬戸田みかんを、観光客に配ったりした。

その日、瀬戸内ビューの海中展望塔が、突然、占領された。

海岸にある瀬戸内ビューのレストラン「瀬戸田」に、電話が、入った。

それは、海中展望塔との間を、つなぐ電話だった。

レストランの豊田支配人が、電話に出ると、男の声で、

「われわれは、海中展望塔を占領した。十五人が人質だ」

と、いきなり、いったのだ。

普段なら、いたずらではないかと疑うのだが、何しろ、爆破事件のあったあとである。

支配人はすぐ、広島県警に電話する一方、本社にも、連絡した。

十津川たちと、県警の滝本警部たちが、二十八分後に駈けつけた。

レストランから、沖合の海中展望塔が、よく見える。

「犯人からの要求は？」

と、滝本が、豊田支配人に、きいた。

「とにかく、警察を、海中展望塔に近づけるな、近づいたら、あの展望塔ごと、爆破すると、いっています。人質十五人も一緒です」

「人質が、十五人というのは、間違いないのか？」

「ええ。うちの社員三人が、あの展望塔で働いていますから、お客さまは、十二人の筈です」

と、支配人が、いった。

「近づきたくても、これじゃあ、近づけませんね」

と、亀井が、十津川に、いった。

海中展望塔には、海に突き出した細い橋を渡っていくしか方法がないのだ。犯人から、簡単に見つかってしまうだろう。

あとは、船で近づくしかないのだが、展望塔の入口は、海面から、二十メートル近い高さの所にあるし、塔の側面に、ハシゴもない。

丁度、東京から、広島本社に帰っていた瀬戸内ビューの社長、長谷川が、秘書を連れて、レストランに駈けつけた。

それを待っていたように、電話が、鳴った。

支配人の豊田が、出て、すぐ、

「社長にです」

と、長谷川に、受話器を渡した。

長谷川は、スピーカーに切りかえてから受話器を置き、

「長谷川だ」

「支配人にも、いったんだが、われわれは、そこから見える海中展望塔を、占領した。人質は、お前さんのところの社員三人を入れて十五人いる」

と、男の声が、いった。

「要求は、何だ？」

「こんな場合の要求は決っている。金だ」

「いくら欲しい？」

「そうだな。十五億だ」

と、男が、いった。

「バカなことをいうな。今までに十一億円を、娘の身代金として、払っているんだ」

「六億円だ。五億円は、海に沈んで、われわれは、手に入れていない」

「そんなのは、そっちの勝手だろう。おまけに、君たちが、大三島のレストランを爆破したので、わが社は、十七億もの損失を受けているんだ。その上、十五億円もの大金を、どうやって、作れるんだ」

「駄目だ。十五億円だ。人質一人につき、一億円だ。人間の命が、一人一億なら、安いものだろう」

と、男の声が、いった。

「瀬戸内ビューを、潰《つぶ》す気か？」

「それも、悪くないな。瀬戸内ビューのおかげでいくつの中小の観光会社が、潰れたか、考えてみろ」

と、男がいう。

「やっぱり、君たちは、岡山観光の人間か？」

「ドカン！」

「今度は、瀬戸内ビューが、ドカンといく番だということさ。直《す》ぐに、十五億円を、用意しろ。また電話する」

「何だって？」

男は、そういうと、一方的に、電話を切ってしまった。

滝本は、警官二人を、海中展望塔に通じる橋の、こちら側の袂《たもと》に配置して、観光客が渡らないようにさせておいてから、

「十五億円は、無理ですか？」

と、長谷川に、きいた。

長谷川は、困惑した顔で、

「犯人にもいったように、瀬戸内ビューは、すでに、十一億円の身代金を連中に払い、その上、先日の爆破で、十七億円の損失を受けているんです。これ以上、十五億円もの大金を作るのは、無理ですよ。もし、銀行が貸してくれても、このあと、何の事業をやろうとしても、不可能になってしまいます。連中は、私の会社を、潰そうとしているんですよ」

「かも知れませんね」

「私の会社も、私個人も、毎年多額の税金を払っているんです。それなのに、警察は、こ

の犯人たちを、逮捕できずにいるのは、どういうことなんですか？」

長谷川は、不満をぶちまけた。

「犯人は、わかっています。岡山観光の佐倉真一郎社長と、他に三人の男女です」

と、滝本が、いった。

長谷川は、ますます、険しい眼になって、

「犯人がわかっていて、どうして、捕えられんのです？」

「それを、今、あれこれいっても、仕方がないでしょう」

と、十津川が、口を挟んだ。

「犯人たちは、向うの海中展望塔に、十五人の人質と一緒に、立て籠《こも》っているんです。それをどうするかが先決です」

「私は、十五億円なんて大金は、出せませんよ」

と、長谷川が、いった。

「どうしたらいいと、思いますか？」

滝本が、十津川に、意見を求めてきた。

「何よりも、人命第一です」

十津川が、いうと、滝本は、

「それは、わかっています。と、いって、警察が、保証人になって、十五億円もの大金を、銀行に借りるわけにもいかないでしょう」

「仕方がない。最後は、見せ金で、犯人を欺《だま》すとして、今は、犯人の出方を待ちましょう。長谷川社長には、十五億円を用意すると、答えて貰って、犯人が、どうやって、その十五億円を受け取り、運ぶつもりなのか、聞き出したいと思います。それがわかれば、対策が立ちますから」

と、十津川は、いった。

そのあと、十津川は、長谷川社長に向って、

「とにかく、十五億円は作ると、犯人に答えて下さい。それから、十五億円といえば、ジュラルミンケース十五個が、必要です。それを、どうやって、犯人のところへ運んだらいいのか、聞いて下さい」

と、いった。

3

三十分して、電話が、かかった。

「十五億円は、承知か？」

と、男の声が、きいた。

「仕方がない。人命には、かえられないからな」

長谷川がいうと、犯人は、電話の向うで、小さな笑い声を立てて、

「お前さんが、人命なんていうと、気持が悪くなるな。瀬戸内ビューのおかげで潰れた中小の観光会社で、何人の死人が出ているか知っているのか？　五人だ」

「十五億円を、どうやって、君たちのところに運んだらいいんだ？」

と、長谷川は、構わずにきいた。

「十五億円は、いつ出来る？」

と、男が、きいた。

「三時までには、何とか作れると思っている」

「十五億円は、ケースで、十五個にもなる。それをどうやって、君たちの所へ運んだらいいんだ？」

「よし」

と、長谷川は、きいた。

「それは、午後三時に電話した時に、ちゃんと、指示するから、安心しろ」

犯人は、冷静な口調でいっただけだった。

十津川と、滝本警部は、窓の外に見える海中展望塔に、眼をやりながら、話し合った。

海中展望塔は、円筒形で、百二十メートル沖に、突っ立っている。

陸とつなぐのは、橋があるだけだ。

「十五億円を手に入れて、犯人たちは、どうやって、逃げる気ですかね？」

と、滝本が、十津川に、いった。

「連中は、今のところ、佐倉真一郎たち四人と、考えられます」

「ええ」

「あの海中展望塔を占領したのは、その中の二人かも知れません。あとの二人は、外にいて、十五億円を受け取ろうと考えているのかも知れません。外の二人と、海中展望塔の中にいる二人とが、連絡を取り合って、無事に、十五億円の受け渡しが行われなければ、あの塔を爆破すると脅す。だから、警察も、外の二人の邪魔は出来ない」

「それはわかりますが、最後に、海中展望塔を占領している犯人が、どう脱出するかでしょう。外の二人が、十五億円を受け取るとき、塔の中の二人が、十五人の人質の命を盾にして、警察を脅すことは、可能だとは、思います。しかし、十五億円を、犯人たちに渡したわれわれは、絶対に、海中展望塔を占領している犯人たちを、逃がしませんからね」

と、滝本は、いった。

「その場合も、犯人たちは、十五人の人質を盾にして、逃げようとするでしょうね」

と、十津川は、いった。

「しかし、逃がしはしませんよ」

「海かも知れませんよ」

と、亀井が、口を挟んだ。

「海？」

十津川が、きく。亀井は、海中展望塔に眼をやったまま、

「海面から、二十メートルのところに、入口があって、その周囲に、円形のデッキが、設

けられています。あそこから、非常用の縄バシゴを下《おろ》せば、海面におりられます」

「あの中に、非常用ハシゴは、あるんですか?」

と、十津川は、豊田支配人に、きいた。

「それは、万一に備えて、脱出用の縄バシゴは、用意してあります。法律で決められていますから」

支配人が、いう。

亀井が、その言葉を受けて、

「犯人たちは、あの展望塔の下に、高速ボートに、十五億円を積んで、運んで来いと、いうんじゃありませんか。そうしておいて、彼等は、縄バシゴを伝って、その高速ボートに乗り移り、逃亡を図るんじゃないでしょうか。人質二、三人と一緒だと、追いかけるのは、難しいですよ。それに、犯人たちは、ボートで、神戸方向にも、九州方向にも、また四国方向にも、逃げられます」

「そんなことは、絶対にさせない」

と、滝本警部が、いった。

「しかし、どうやって、防ぎますか?」

「まず、高速ボートに十五億円を積んで持って来いといっても、そんな要求は、拒否する。万一、人質の命が、危くなった場合は、高速ボートは、渡すとしても、あの高根島の周囲は、海上保安庁にも、協力して貰って、完全に封鎖します」

と、滝本は、いった。

そんな議論をしている間に、三時になった。

その間に、長谷川社長は、一千万円だけを、銀行から、調達していた。あとは、ニセ札で、誤魔化すことに決めたのだ。

犯人たちを、それで、上手く欺せるかどうかわからなかったが、長谷川社長が、これ以上、出せないと主張するのだから、他に方法はなかった。

難しいのは、十五人の人命が、かかっていることである。

「こんな時は、逆に、犯人に対して、強硬姿勢をとった方がいいと思っています」

と、滝本は、いった。

弱気を見せれば、かえって、見せ金ではないかと、疑われると、滝本は、いうのだ。

その点については、十津川も、賛成だった。

今回の事件は、誘拐事件である。問題は、犯人側との駆け引きになるからである。

ただ、この高根島は、広島県警の支配下にあるから、主導権は、十津川ではなく、県警にある。

滝本は、犯人対策について、長谷川と、入念に打ち合せをした。

三時になり、レストランの電話が、鳴った。

長谷川が、出る。

「金は、用意できたか？」

「出来たが、簡単に、渡すことは出来ない」

と、長谷川は、いった。

「いやに、強気だな。何があったんだ？」

犯人が、からかい気味に、いう。

「十五億払えば、瀬戸内ビューは、危くなる。下手をすれば、破産する」

「自業自得だよ」

「だから、そちらのいうとおりには、ならないということだ。人質の十五人は、解放して貰う。それがなければ、金は払えない」

と、長谷川は、いった。

「バカなことをいうな。十五人の人質は、われわれにとって、大事な切札なんだ。簡単に手放せるか。十五億円を受け取ってから、解放する」

「では、一人でも二人でも、すぐ、解放したまえ」

「駄目だ」

「なぜだ。あと十人以上の人質がいるじゃないか」

「そっちの魂胆は見えすいているよ。一人でも解放したら、その人間から、こっちの様子を聞いて、われわれを捕える方法を考えるつもりだろう。とにかく、十五人全員が、十五億円と引きかえだ」

　と、犯人は、いった。

「しかし、どうやって、金を渡したらいいんだ？　金を渡せば、十五人が、安全に解放されるという保証はあるのか？」

「そんなことを、あんたが、心配することはない。あんたは、とにかく、十五億円を、われわれに渡せばいいんだ。そのあと、人質は、われわれのいいと思う時に解放する」

「解放されるという証拠は？」

「われわれだって、人殺しが目的じゃない」

「ではどうやって、十五億円を、渡せばいいのかね？　並みの量じゃないぞ」

「船を使う」

と、犯人は、いった。

スピーカーから聞こえてくる犯人の声を聞いて、滝本警部は、やはりと、ニヤッとした。

「船をどうするんだ？」

長谷川は、滝本と顔を見合わせながら、マイクに向って、きいた。

「高速の大型ボートを用意しろ。外洋航海可能のクルーザーだ。それに、十五億円を積んで、海中展望塔の真下に、持って来い」

「それから？」

「一人で運んで来て、ゴムボートで、クルーザーを離れて消えるんだ。われわれの一人が、クルーザーに乗り込んで、点検する」

「十五人の人質は、どうなるんだ？」

「クルーザーに乗せて、連れて行く」

と、犯人は、いった。

「それは、話が違うじゃないか」

「われわれの安全のためだ。第一回の金の受け渡しの時、仲間の一人が、警察に追われ、大型船にぶつかって、死亡してしまった。その轍《てつ》は踏みたくないんだよ。だから、十五人の人質は、安全が、確認されるまで、連れて行く」

犯人が、主張する。

「それでは、十五億円は、払えない」

「十五人が、死ぬぞ」

「十五億円には、わが社の運命がかかっているんだ。それを払うのは、十五人の命が、かかっていると思うからだ。それなのに、十五億円は、貰うが、人質はいつ解放するかわからないでは、話にならないじゃないか」

「ああ、わかったぞ」

と、犯人が、いった。

「何のことだ？」

「お前さんは、ケチだから、十五億円を、払いたくないんだ。銀行がよくやる手を使う気だろう。強盗よけの見せ金だよ。十五億円の札束は、上と下だけがホンモノなんだろう？　だから、長く引き延ばされるのは、困るんだ。そうなんだろう？」

と、犯人が、いった。

「そんなことはない。私としては、一刻も早く、人質を返して貰いたいんだ。それに、外洋のクルーザーなんか、簡単に手に入るものじゃない」

「金さえ出せば、いくらでも、手に入る筈だ」

「そうはいかないんだ。高速の外洋クルーザーが、必要なんだろう？　それを入手し、燃料や、水や、食料を、積み込むにも、時間が必要だ」

「その食料の中に、毒を仕込むのか？」

「そんなことはしない」

「いや、そっちの考えることは、お見通しだよ。十五人の人質は、やはり、全員、連れて行くことにする」

と、犯人は、いった。

滝本が、手で、長谷川に向って、×印を作って見せた。

「駄目だ」

と、長谷川は、いった。

「金は引きかえか、その前に、十五人全員を、解放して貰う。それが、条件だ」

「条件を出すのは、こっちだぞ。今、この展望塔を、爆破すれば、全員が死ぬんだ」

「お前たちも、死ぬぞ。もし、生きたとしても、死刑だ」

「われわれは、死を恐れていない」

と、犯人は、いった。

「まず、人質十五人を、解放しろ」

と、長谷川が、強気に出た。

「刑事を出せ！」

と、突然、犯人が、いった。

「そこに、刑事がいるのは、わかってるんだ。あんたじゃ話にならん。だから、刑事を出せ！」

それを受けて、滝本が、長谷川に眼くばせしておいて、

「広島県警の滝本だ」

と、犯人に話しかけた。

「やっぱり、刑事がいたか」

「もう、あきらめるんだ。海中展望塔は、すでに、警察の監視下にあるし、たとえ、ボー

トで逃げても、海上は封鎖されて、逃げられはしない」

と、滝本は、いった。

「脅しても駄目だ。われわれは、死を恐れていない。それに、この海中展望塔もろとも、爆破するだけの爆薬は、用意してあるんだ。それを、忘れないことだ」

犯人が、いい返す。

「君たちだって、自分の行為が、単なる暴力だとは、思っていないんだろう。正義だと思っている筈だ。また、君たちの一人が、水死したが、他の人間は、殺していない。今、十五人の人間を殺す必要があるのかね。いさぎよく、人質を解放して、投降したまえ」

「窮地《きゅうち》に立っているのは、われわれでなく、そっちだぞ。もし、十五人が死亡したら、警察は、非難の的になるんだ」

と、犯人は、いった。

「いや、非難が集中するのは、君たちだ。最近は、人の命は地球より重いというのは、はやらなくて、犯人に対して、強硬姿勢を取れと、はっぱをかけられるんだよ。そちらがあまりにも常識外れの要求を出せば、こちらとしては、拒否せざるを得ないし、その結果起きることについては、全ての責任が、君たちにある」

「それでは、人質を、一人ずつ、殺すぞ」

と、犯人は、いった。

「無駄なことだ。一人殺すごとに、君たちが大金を、手に入れるチャンスは、少くなっていくんだ。そのくらいのことは、君たちには、よくわかっている筈だ」

「十五億円を払わない気か？」

「すでに、君たちは、六億円の大金を手に入れ、十七億円の損害を、瀬戸内ビューに与えている。岡山観光が、衰退したのは、気の毒だが、これも、時代の流れだと、私は思うね」

「会社のことはいうな！」

と、突然、犯人は、怒鳴った。

滝本は、ひとりで、肯《うなず》いて、

「岡山観光はまだ、続いている。君たちのやったことは、その会社を、完全に潰してしまうんだということが、わからないのかね？」

「止めろといってるんだ。われわれの行動は、会社とは関係ないんだ」

「それは、通らないよ。君たちは、自分たちの才覚不足で、会社が危くなったとは、考え

るのは、滅茶苦茶だからだ。会社は、上層部が、バカだから、駄目になる

瀬戸内ビューの横暴さのせいだ！」

と、また、犯人が、怒鳴る。

「いや、それは、いいわけにしか過ぎない。会社は、上層部が、バカだから、駄目になるんだ。君たちは、誘拐で、大金を手に入れ、瀬戸内ビューに大きな損害を与えて、満足だろうが、社員たちはどうなるんだ？　全てが公になれば、社員たちは、誘拐事件の共犯者として、非難されて、結局、社員は、路頭に迷うことになる」

「事件と、社員は、関係ないと、いってるだろう！」

「社会というのは、そんな甘いものじゃないぞ。いいか、よく聞け。君たちは、今、十五人を人質にしているが、本当は、岡山観光の社員全員も、人質にしてるんだ。それを、よく考えてみろ！」

と、滝本は、叱《しか》りつけた。

突然、犯人は、電話を切ってしまった。

4

「まずかったでしょうか？」

滝本は、蒼《あお》ざめた顔で、十津川を見た。

「いや、犯人たちは、図星だったので、狼狽《ろうばい》したんだと思いますよ」

「しかし、その結果、犯人たちが、あの海中展望塔を、爆破したりしたら――」

「そんなことはしないと思いますが――」

「十津川さんだって、連中が、爆発物を持ち込んでいることは、否定できないでしょう？」

「そうですね。大三島で、大型バスを、爆破したことを考えると、当然、今回も、ダイナマイトかプラスチック爆弾を持ち込んでいるとは、思います」

「ヤケを起こして、もし、爆破させたら、人質も、死んでしまいます。それが、怖いんですよ」

と、滝本が、いったとき、突然、表の海中展望塔が、さわがしくなった。

十津川たちは、レストランから、飛び出した。

展望塔の入口から、転げ出るように、一人、二人と、飛び出してくるのだ。

みんな、縛られ、目かくしされたままなのだ。

橋の袂にいた二人の警官が、声をかける。

「爆発するぞ！」

と、飛び出してきた一人が、叫んでいる。

十津川たちも、海中展望塔にかかる橋に向って、走った。

人々が、駈けてくる。後手に縛られ、目かくしされたままなのだ。

「危いぞ！」

「爆発するぞ！」

「早く、逃げろ！」

と、口々に、叫んでいる。

ふいに、大音響と共に、閃光《せんこう》が走った。

橋の上の人々が、一斉に、身を伏せる。

コンクリートの破片が、バラバラと、飛んでくる。橋がゆれる。

海中展望塔の上部にある窓のガラスが、音を立てて割れ、そこから、炎がふき出した。

十津川たち刑事は、はね起きると、橋の上にいる人々を、レストランに収容することに、全力をあげた。

海中展望塔は、コンクリートの壁が、ひび割れし、内部が、燃えているのが、わかった。ひび割れした部分からも、煙がふき出していたからだ。

消防車が、到着したが、沖合百二十メートルにある海中展望塔の消火は、困難を極めた。

橋の幅がせまくて、消防車が、入って行けなかったから、隊員が、ホースを持って、橋を渡って行き、そこから、消火作業をするより、仕方がなかった。

その間に、十津川や、滝本は、逃げて来た人たちから、事情聴取を、始めた。

まず、人数を調べる。

瀬戸内ビューの社員が三人、それに男女の観光客十二人の合計、十五人である。

社員三人は、男一人と、女二人だった。

彼等が、恐怖の瞬間を話してくれた。

「犯人たちは、観光客に、まぎれ込んでいて、突然、その中の一人が、拳銃を、射ったんです」

「人数は、三人か四人だったと思います。みんな覆面をしていて、顔は、わかりませんでした」

「そのあと、私たちを、ガムテープで縛り、目かくしをしたんです」

「全員が、縛られ、目かくしされて、塔の下の部分に、押し込められました」

「何か、喋《しゃべ》ると、拳銃で、殴られました」

その言葉どおり、男性社員と、観光客の中の男性三人が、顔から、血を流していた。

レストランのウエイトレスが、その四人に、包帯をまく。

「それからあと、何が起きているか、全くわかりませんでした」

「殺されると覚悟していました。拳銃は、ホンモノだったし、怖かった」

と、男女の社員が、いう。

観光客たちも、証言した。

「海中展望塔の底の部分に押し込められたので、海水が、入ってきたら、溺死《できし》するなと、思ってましたよ」

「とにかく、一言でも喋ると、殴るんで、怖かったです」

「犯人たちの一人が喋ってたけど、それも、短くて、他の犯人は、一言も喋らなかったわ。

目かくしされてしまったんで、殆《ほとん》ど、何もわからないの」

「そのうちに、目かくしされたまま、入口の方に、あげられたんだ。そして、突然、この塔を爆破するから、早く逃げろと、いわれたんだ」

「みんな、必死で、悲鳴をあげながら、逃げたわ。縛られている上に、目かくしされているから、海に落ちるんじゃないかと思ったわ」

レストランに、収容されてから、縛ったガムテープをはがされ、目かくしを取られたが、手首が、こすれて、血が滲《にじ》んでいる者もいた。

消火作業は、続いていた。

十津川や、滝本たちは、もう一度、海中展望塔につながる橋に向った。

橋の上にいた消防隊員が、

「まだ、中に入るのは、危険ですよ」

と、いって、刑事たちを、止めた。

「消えたように見えますが、内部が、どうなっているか、わかりませんからね」

その言葉どおり、また、煙が、ふき出してきた。

完全に、消火したのは、三時間後だった。

それでも、消防隊員が、先に入り、安全が確認されてから、十津川や、滝本たちが、展望塔の中に入った。

電気は消え、エレベーターも、止まってしまっている。

下に行くらせん階段は、熱のために、ひん曲っていたが、おりることは、出来た。

水深六メートルの塔の底に向っておりて行くと、その途中に、焼死体が、転がっていた。

一体、二体と数えていく。

全部で、四体だった。

どの死体も、覆面をしているのだが、その覆面が、燃えて、顔に、貼りついてしまっている。

服も焼けて、焦げている。

「ひどいな」

と、滝本が、呟《つぶや》いた。

「覚悟の自殺ですかね」

亀井が、十津川に、いった。

「まず、身元を確認したいな。四人いるから、佐倉真一郎と、仲間の三人だとは、思うんだが、こんなに、黒焦げでは簡単には、身元が、わかるとは、思えないな」

と、十津川が、いった。

「男三人に、女一人であることだけは、辛うじてわかりますが」

亀井も、いった。

顔につけていた覆面の布が、燃えたため、四人とも、顔が、すっかり、焼けてしまっている。

「指紋の照合に頼るより仕方がないだろうね。四人の指紋が、どこかに、とってあるといいんだが」

「血液型は、わかると思います」

と、亀井は、いった。

四人の死体は、司法解剖のために、広島の大学病院に、運ばれて、いった。

瀬戸内ビューの長谷川社長は、自分の眼で、焼けた海中展望塔の内部を見たあと、

「もう、これは、使いものになりませんね」

と、いった。

「修理して、もう一度、使うというわけにはいかないんですか？」

と、滝本がきくと、長谷川は、怒ったように、首を激しく、横にふって、

「まだ、新しく造った方が、安あがりです。塔自体にも、ひびが入ってしまっているから、修理には、莫大《ばくだい》な金がかかります」

「いくらくらいの損害ですか？」

「わかりませんね。とにかく、百億近い建造費がこれで、パーになりました」

と、長谷川は、いった。

「大変な損害ですね」

「十五人の命が、助かったのが、せめてもの救いです」

「犯人たちが、命を落としたことについては、どう思いますか？」

と、十津川が、長谷川に、きいた。

「それは、自業自得でしょう。しかし、連中は、これだけ、私を痛めつけたんだから、目的は、達したわけですよ」

長谷川は、無表情に、答えた。

「この海中展望塔は、どうするつもりですか？　修理はしないと、いわれましたが」

「しばらくは、このままにしておきます。こういう建造物は、解体するにも、びっくりす

るような金がかかるんです」

長谷川は、当然だろうが、終始、不機嫌だった。

翌日、四人の死体の解剖結果が、わかった。

煙を吸い込んだことによる窒息死だが、爆発した時に、強い圧力を受けて、肺や、心臓に、傷がついていることも、報告された。

海中展望塔の中では、広島県警の刑事たちと消防と、爆発物処理班が、合同で、どんな爆発物が使われたかの検証が、行われていた。

十津川と、亀井は、死んだ四人の身元確認に当ることになった。

佐倉真一郎
山野　淳
野口昌夫
長尾みどり

四人の死体は、この四人だと、十津川は、思っていた。

問題は、その証拠だった。

四人が卒業した岡山の大学へ行き、指紋と、血液型を調べた。

血液型はすぐ、わかった。

だが、大学で、指紋は、わからなかった。

こうなると、一人一人が、住んでいたマンションなり、家庭に行って、指紋を採取してくるより仕方がなかった。

広島県警の滝本に、四人の血液型を知らせておいてから、十津川と、亀井は、岡山県警の鑑識に協力して貰って、四人の指紋の採取を始めた。

丸一日かかり、翌日の昼すぎになって、何とか四人の指紋を採取することが、出来た。

「ついでに、白石正也の指紋と、血液型も、調べていこう」

と、十津川が、突然いった。

「しかし、白石正也は、水死していますよ」

と、亀井が、いった。

「だが、死体はまだ見つかっていないんだ。見つかった時の身元確認だよ」

と、十津川は、いった。

一日延ばして、白石の血液型と、指紋も取ってから、二人は、広島に戻った。

滝本は待ちかまえたように、

「血液型は、全て、一致しました」

と、十津川に、いった。

「指紋の方も、多分、一致すると、思いますが」

と、十津川は、いった。

四体の焼死体の指紋と、十津川たちの持ってきた指紋が、照合された。

予想どおり、四つの指紋は、完全に、一致した。

その日、広島県警で開かれた捜査会議は、久しぶりに、明るい空気に包まれた。

この会議には、本庁から、十津川と亀井、そして、愛媛県警からは、河野警部が、参加した。

滝本警部が、最初に、事件を総括した。

「犯人は、四人で、その名前は、次のとおりです」

と、滝本は、黒板に、佐倉真一郎たち四人の名前を、書き並べた。

「佐倉は、岡山観光の社長、他の三人の男女は、同社企画室に属し、大学時代から同志的結合があったと思われます。佐倉は、自分の会社が、瀬戸内ビューによって、衰退の一途をたどり、倒産寸前に追いつめられたことについて、強い復讐の念に、燃えていたと思われます。そこで、瀬戸内ビューに、損害を与えようと考え、この三人に、もう一人、白石正也を加えた五人で、まず、瀬戸内ビューの社長長谷川の末娘を誘拐し、身代金を奪取することを計画し、実行したのです。その結果、合計十一億円の身代金を奪うことに成功しましたが、このうちの五億円と、白石正也は、瀬戸内海に、沈んでしまいました。佐倉たちは、これだけでは、あき足らず、更に、瀬戸内ビューに、損害を与えようと、計画したのです。

瀬戸内ビューの本拠地である、しまなみ海道で、彼等は、まず、大型バスに爆弾を仕掛けて、それを、大三島にある瀬戸内ビュー経営のレストラン近くで、爆破させ、十七億円の損害を与えたのです。更に、彼等は、高根島の海中展望塔を、占拠し、十五億円を、瀬戸内ビューに要求したのです。結果的に、これが、犯人たちにとって、命取りになったのです。第一に、十五億円もの大金を要求したこと、第二に、逃げ場のない海中展望塔に、入ってしまったことです。そして、犯人たちは自滅してしまったわけです」

「これで、事件は、解決したと思うかね？」

捜査本部長が、滝本に、きいた。

「指紋の照合からも、血液型からも、彼等が、ここに書いた四人であることは、間違いありません。動機も、明らかです。あとは、彼等が奪った六億円を見つけ出せれば、事件は、完全に、終結します」

と、滝本は、いった。

「六億円は、見つかると思うかね？」

「彼等が、奪ったことは明白ですから、必ず、見つけ出します」

「五億円もあったな。その方はどうだ？」

と、本部長が、きく。

「その件については、目下、犯人のモーターボートが沈んだと思われる地点を、調べて貰っていますから、レーダーに反応があればと、期待しています」

「それでは、明日の記者会見で、事件の終結宣言をしてもいいんだな。犯人全員が死亡した。あとは、彼等の隠した身代金を見つけ出すことだけで、いわば、事件の後始末であると」

本部長が、滝本に、きいた。

「それで、結構です。もう事件は、起こりません」

と、滝本は、いった。

本部長は、十津川と、愛媛県警の河野警部にも眼をやって、

「君たちの意見も聞きたい。遠慮なく、いって欲しい」

と、いった。

河野警部が、

「高根島が、広島県に属しているので事件の最後には、関係できませんでしたが、これで事件が終ったと、私も感じました。犯人を、生きたまま逮捕できなかったのは残念ですが、犯人たちは、自滅したものと、私は、考えます」

「君は？」

と、本部長は、十津川を、促した。

「私も、犯人たちは自滅したという考えに賛成します。事件は終り、二度と、誘拐も、爆発事件も起きないと、思います。ただ、一つだけ引っかかることがあるのです。大きな棘《とげ》というわけではありませんが」

と、十津川は、いった。

「それは、何だね？」

「これは、私の勝手な思いなんですが、あまりにも、最後が、あっけなかったことに、びっくりしているのです」

「それが、不満なのかね？」

「不満ではなく、あまりにも簡単なので、果して、これでいいのだろうかという思いがあるのです。私が、心配しすぎるのかも知れませんが」

と、十津川は、遠慮がちにいった。

「つまり、君は、ひょっとして、この結末は、間違っているのではないかと、思っているんじゃないのかね？　しかし、間違っているとしたら、何処《どこ》が、間違っているというのかね？」

本部長が、きいた。

第五章　真実への道

1

警視庁、広島県警の合同捜査本部は、これで事件は終結した、という空気になっていたが、すぐには、記者会見で発表しなかった。

記者会見には、広島県警本部長が当り、十津川と愛媛県警の河野も出席した。

県警の滝本警部が、まず、高根島《こうね》の海中展望塔が、犯人たちによって占拠された経緯を説明し、人質の身代金として、十五億円が要求されたが、最後は犯人たちが、逃走に絶望して自爆したことが説明された。

「人質の十五人も、無事に解放されました。犯人の四人については、指紋などによって、氏名も、明らかになっています。岡山観光の佐倉社長と、その同調者三人です。その氏名と、経歴は、コピーして、皆様のお手元に配布してあります」

「これで、一連の事件は、全て、終結したと考えていいんですか？」

と、記者の中から、質問が出た。

それに対して、広島県警本部長が、答えた。

「四人の犯人は、自爆して死亡しましたが、まだ、同調者が、いることも考えられます。また、瀬戸内ビューの長谷川社長の末娘が、誘拐されて、五億円と、六億円の合計十一億円が、身代金として奪われています。五億円は、瀬戸内の海底に沈んでいると、思われていますが、六億円は、犯人たちの手元にあると、考えられていて、それが、まだ、見つかっていません。そうした問題が、全て解決されるまでは、本件の終結宣言は、差し控えたいと思っています」

「佐倉真一郎たち四人は、被疑者死亡のまま、起訴ということになるわけですね？」

「そうなります」

「岡山観光の処分は、どうなるんですか？」

と、別の記者がきいた。

「岡山観光の現在の社員たちが社長の佐倉真一郎の同調者だという証拠は、ありません。ただ、今回の事件のあと、岡山観光では、退職者が続出していて、今月一杯で、実質的に、姿を消すだろうという話を聞いています」

「姿を消すということは、何処かの観光会社に、吸収されるということですか？」

「そういうことです」

「今回の一連の事件で、瀬戸内ビューが、受けた損害は、合計で、いくらぐらいに、なるわけですか？」

と、質問する記者もいた。

「これは、瀬戸内ビュー側の発表で、大三島のレストランと、みやげ物店の焼失、高根島の海中展望塔の破壊などで、百二十億円。それに、身代金として奪われた現金十一億円。合計、百三十一億円の損失になるということです」

「大手の観光会社である瀬戸内ビューといっても、大きな痛手でしょうね。それについて、長谷川社長は、何か、いっていますか？」

「確かに、大きな痛手だが、観光客に、一人の死者も出なかったことに、ほっとしていると、長谷川社長は、いっていましたね」

「海底に、沈んだ五億円は、回収できると、考えていますか？」

「沈んでいると思われる場所ですが、そこの海底の地形が複雑でしてね。今の段階では、五億円を引き揚げるのに、倍の十億円の経費が、かかってしまうということで、考慮中です。それ以上に、われわれとしては、五億円を持って、モーターボートで逃走、大型船に衝突して、ボートと共に、沈んだと思われる犯人を、見つけたいと、思っているのです。多分、ボートに、五億円と一緒に、閉じ込められて、海底に、沈んでいる筈《はず》ですが」

「その犯人も、わかっているんですか？」

「佐倉真一郎の下に、四人の男女が、いたんですが、その一人で、白石正也と思われています」

「今回の一連の事件で、警察が、後手《ごて》、後手に廻ったことについて、捜査の責任者として、どう思われていますか？」

と、手厳しい質問をする記者もいた。

「われわれとしては、捜査に、全力をつくしてきたとしか、申し上げられませんね」

と、本部長は、いった。

更に、記者は、

「東京での誘拐事件で、今回の事件は、始ったと思うんですが、その時から、事件に関係している本庁の十津川警部の感想を聞きたいんですが」

と、十津川に、顔を向けた。

「ここまで、解決が遅れたことに、責任を感じています」

と、十津川は、いったあと、

「広島県警本部長も、いわれたように、まだ、一連の事件の全てが、解明されたわけではありませんので、終結宣言は、早いと、思っています」

「これは、噂話で、聞いたんですが、十津川警部は、高根島での結末に、不満をいわれているんですか？」

と、記者が、きいた。

十津川は、苦笑して、

「これは、不満というのとは、全く違います。最後が、犯人たちの自爆ということで、あまりにも、あっけなかったので、一種、放心状態になったというのが、正確なところです」

「なるほど、不満も、疑問もないということですか？」

「今は、ありません。ただ、全てを明らかにしたいと、思っているだけです」

と、十津川は、いった。

2

十津川は、その記者会見のあと、亀井たちと東京に引き揚げた。

広島県警は、佐倉真一郎たち四人を、被疑者死亡のまま、誘拐、監禁脅迫容疑で、起訴手続をとった。

十津川は、東京に帰ったあと、何もせずに、二日、三日と、過ごした。

上司の三上本部長は、それを心配して、と、いうより、それを不快に思ってといった方がいいだろう、

「広島県警に、全て、委せておいて、いいと思っているのかね?」

と、いった。

「最後に、決着がついたのは、広島県警が所轄する高根島ですから、委せるより仕方が、ありません」

と、十津川は、答えた。

「しかし、何かやることは、あるだろう？」

「今のところは、ありません」

「しかし、君は、今回の一連の事件は、まだ、完全に解決していないと、いった筈だ」

「その通りです」

「それなら、なぜ、捜査を続けないのかね？」

「それは、われわれがいくら動いても、欲しい情報が、集って来ないからです」

と、十津川は、いった。

「どういうことか、わからないがね」

三上は、首をかしげた。

「われわれが、動いても、刑事ということだけで、相手は、身構えてしまいます。それでは、何人の人間に、事情聴取をしても、今までに、わかったことしか聞けません。今、私が、知りたいのは、今回の一連の事件の裏話なんです。忠臣蔵でいえば、裏の、四谷怪談といったことです」

「何のことか、わからんな」

「何かつかめましたら、すぐ、報告します」

と、十津川は、いった。

四日目の夕方になって、十津川は、亀井に、

「彼が、戻って来たよ」

と、告げた。

「それで、例の裏話を聞けそうですか?」

「聞ける筈だがね」

十津川は、あまり自信のない顔で、いった。

二人は、新宿西口の超高層ビルの三十八階にあるレストランPに出かけた。

あの男に、夕食をおごり、話を聞くためである。

私立探偵の橋本豊は、すっかり、陽焼けしていた。

元刑事の橋本は、スキヤキを突っつきながら、

「仲間の探偵にも、働いて貰いましたから、四日分の報酬を払ってやって下さい」

「もちろん払う。それにしても、まっ黒だな」

「何しろ、岡山から広島にかけて、瀬戸内を歩き廻りましたから。潮風に吹かれると、焼

けるのも早いです」

と、橋本は、笑った。

「それで、何か、わかったか？」

「とにかく、本当らしいことも、嘘っぽい話も、全て、かき集めました。それが、事実かどうかは、そちらで、判断して下さい」

と、橋本は、いった。

夕食が、終ってから、橋本が、大学ノートを取り出した。

「順不同で、話しますので、適当に聞いて下さい」

と、断ってから、橋本はノートをもとに、喋《しゃべ》り始めた。

「岡山観光のビルを見に行ったら、瀬戸内ビュー岡山支店の看板が、かかっていました」

「瀬戸内ビューが、吸収したのか？」

「そのようです。岡山観光の社員五十人が、瀬戸内ビューの社員として、採用されています」

「それは、美談なのかね？」

と、亀井が、きいた。

「瀬戸内ビューの長谷川社長は、地元紙に、恩讐を越えて、岡山観光を、助けることに決めたと、談話をのせています」

「恩讐を越えて——ねえ」

「岡山のハローワークの所長なんかは、失業する筈だった岡山観光の社員五十人を、採用してくれたのだから、立派な人だと、賞《ほ》めていますね」

「瀬戸内ビューは、岡山観光を吸収することで、何かメリットがあるのかね？」

と、十津川が、きいた。

「わかりません。岡山観光は、何といっても、岡山では、古い観光会社で、昔からの客筋もつかんでいますから、それを手に入れられるのは、大きなメリットだという人もいれば、瀬戸内ビューにとっては、足手まといになるだけだという者もあります」

「そうか、半々か」

「それから、今、牛窓近くの瀬戸内海で、一番の話題は、例の五億円です」

と、橋本は、いった。

「海に沈んだ身代金だな」

「いろいろ、噂が、流れてます。問題の場所で、漁師の誰かが、網に引っかかった、札束入りのジュラルミンケースを、見つけたとか、一万円札が、どこかの海に、プカプカ浮んで、流れていたといった話で、調べていくと、全て、デマなんです。しかし、それだけ、あのあたりで、五億円が、話題になっているんです」

「そうだろうね。何といっても、五億円だからね」

「これを見て下さい」

と、いって、橋本は、一枚の地図を、二人に、広げて見せた。

「これが、あの辺りで、ベストセラーになっている地図です。あのあたりの海底の起伏を調べた地図なんです。一攫千金《いっかくせんきん》を夢みる人間たちが、買うらしいんです」

「しかし、手に入れても、五億円は瀬戸内ビューのものだろう」

と、亀井が、いった、

「その瀬戸内ビューですが、長谷川社長が、五億円を引き揚げた人には、一〇パーセントを謝礼として進呈すると、発表しています。これは、地方紙にしか、のっていませんが」

「一〇パーセントというと、五千万円か」

「これで、余計、宝探しが、過熱するんじゃないかと、思います。素人が、潜水して、溺れたりするんじゃないかと、心配です」

と、橋本は、いった。

「他に、五億円問題で、何か、聞いていないか？」

十津川が、きく。

「K銀行牛窓支店の支店長が、銀行を辞めています」

と、橋本は、いった。

「K銀行牛窓支店というと、誘拐犯が、五億円を振り込ませた銀行だな」

十津川が、眼を光らせる。

あの時、誘拐犯は、K銀行牛窓支店の佐倉真一郎名義の口座に、五億円を、至急、振り込めと指示したのである。

もちろん、岡山観光の佐倉社長は、犯行を否定し、誰かが自分の名前を、悪用したのだと、いっていた。

そして、白石正也と思われる男が、その五億円を下しにやってきたのだ。

支店長は、その男が、佐倉真一郎の名前で、口座を作った人間に間違いないので、渡していいかと、警察に聞いてきている。

少女の命が、かかっているので、とにかく、五億円を渡して下さいと、十津川は、いったのだ。

犯人は、大型のジュラルミンケース二つに、五億円を入れ、モーターボートで、逃走を図ったが、大型クルーザー「キングI世号」に激突し、五億円と共に海に、沈んだのである。

「支店長の名前は、何といったかな？」

と、十津川が、きいた。

橋本は、ノートに眼をやって、

「久保進介。四十六歳です」

「どんな男なんだ？」

「まじめを絵に描いたような男だといわれています。奥さんと、中学三年の娘が一人います。あの事件の後、責任を感じたのか、K銀行を辞めています。地元では潔《いさぎよ》いと、評判です」

「それで、今はどうしているんだ」

「好きな釣りに出かけて、のんびりやってるようですよ。退職金も出たでしょうし」

「支店長までいったのに、そんなに簡単に辞めるものかね……」

「まあ、今は銀行員もいろいろ大変でしょうからね」

「他の話もしてくれ」

と、十津川は、いった。

「しまなみ海道のことでは、面白い話を、いくつか、耳にしてきました」

と、橋本は、いった。

「それを聞きたいな」

「瀬戸内ビューは、しまなみ海道全体に、勢力を持っていたわけですが、その中で、大三島のレストランで、みやげもの店が、全焼し、高根島の海中展望塔が、爆破されました」

「瀬戸内ビュー側は、百億円を超す損害を受けたといっている。海中展望塔は、修復が不可能なので、新しい建設しかないともいっている」

「この三つの建物ですが、こんな噂も、聞こえてくるんです。しまなみ海道に、瀬戸内ビューは、ホテルや、レストランなどを、持っているが、その中には、儲《もう》かっているホテルもあれば、赤字だらけのものもある。なぜか、今回の事件で焼失したか、破壊された建物は、赤字で、瀬戸内ビューが、持て余しているものばかりだという噂です」

と、橋本は、いった。

「高根島の海中展望塔も、赤字だったのか？」

「五年前に建設された時は、確かに、しまなみ海道の名物になり、観光客もやってきましたが、二年で、ぱったり、客が来なくなったそうです。他の観光会社が、海中を動きながら見られる潜水艦を就航させたり、ダイビングが、流行《はや》ってきて、海中展望塔は、時代おくれになってしまったんです。ところが、鉄筋コンクリートで、簡単に、取りこわすことが、出来ません。こわすのにも、莫大な金が、必要なんです。仕方なく、オープンをしていると、維持費だけで、毎年、数千万円かかってしまう。つまり、瀬戸内ビューにとっては、金食い虫だったわけです」

「誰が、あの海中展望塔を、計画したんだ？」

「億単位の建設は、全て、長谷川社長の決裁が、必要だそうですから、社長の計画ということになります」

「大三島のレストランと、みやげもの店も、赤字だったのか？」

と、十津川は、きいた。

「しまなみ海道は、六つの島を、つないでいます。大三島は、そのまん中あたりに位置しています。尾道側から入ると、向島、因島、生口島ときて、次が、大三島です。つまり、大三島への途中の島で、食事をすませ、みやげものを買ってしまう確率が、高いということです。四国の今治から、入ると、大島、伯方島と通って、次が、大三島ですから、同じように、不利な立場にあります。それだけでなく、瀬戸内ビューは、マーケットリサーチを間違えて、大三島に、必要以上に、大規模なレストランを作り、みやげもの店を、作ってしまったのです。それで、しまなみ海道の瀬戸内ビューの施設の中で、唯一の赤字、それも、莫大な赤字を生む施設になっていたんです」

「なるほどね。それで、保険には、入っていたのか？」

と、亀井が、きいた。

「もちろん、入っていたようです。大三島のレストランも、みやげもの店も、高根島の海中展望塔もです」

「妙な具合になってきたぞ」

と、十津川は、いった。

「確か、長谷川社長は、百二十億円の損害と、いっていた筈ですが、少し、話が、違ってきますね」

と、亀井も、いった。

「焼けた大三島の施設も、爆破された高根島の海中展望塔も、もともと、瀬戸内ビューにとって、厄介者で、何とかしたかった。といって、ただ、自分たちで、破壊したのでは、保険は出ない。犯人が、いて、破壊したり、焼いたりすれば、保険が出る。しかも、同情される。観光産業だから、被害額を、水増ししても、わからない」

十津川は、ゆっくりと、いった。

「来年の税金も、減額されますね」

と、亀井が、いった。

3

「しかし、長谷川社長の末娘が誘拐され、合計十一億円の身代金を奪われたことも、事実なんだ」

十津川は、自分に、いい聞かせるように、いった。

「その通りです」

と、亀井が、肯《うなず》く。

「その誘拐事件にも、裏があったということになるのかね？」

「わかりませんが、もう一度、事件全体を、見直してみる必要があるかも知れませんね」

と、亀井は、いった。

「他に、何か、調べる必要がありますか？」

橋本が、きく。

「岡山観光のことを、もっと、知りたい。死んだ佐倉真一郎たち五人のことを、特にだ」

と、十津川は、いった。

「わかりました。明日、仲間と一緒に、もう一度岡山に、行ってきます」

「岡山観光の評判を、聞いてきて欲しい。普通にいわれている、型どおりの評判ではなく、岡山の人々が、本当は、どう見ていたかが、知りたいんだ」

「わかりました」

と、橋本はいい、ビルの前で、別れて行った。

このあと、十津川は、亀井と二人だけで、小さな喫茶店に入った。

コーヒーを飲みながら、二人は話の続きを口にした。

「誘拐事件で、今から考えると、おかしな点があったかどうか、点検してみようじゃないか」

と、十津川は、いった。

「そうですねえ」

と、亀井は、ちょっと、考えてから、

「最初から、容疑者として、岡山観光の名前が、浮び上がってきたのが、おかしいといえば、おかしいですね。普通、犯人というのは、身元を、隠したがるものですから」

と、いった。

「そうなんだ。東京で、長谷川の娘が誘拐されたとき、岡山観光の佐倉真一郎は、東京のホテルにいた。そして、時々、何処《どこ》かへ電話をかけている。それを、われわれは、彼が、誘拐の主犯で、仲間に、指示を与えるのだと、考えたんだ。しかし、彼が、電話をかけていたのではなく、誰かが、彼に電話していたのかも知れない」

と、十津川は、いった。

「そうです。彼の携帯が、いつも、繋《つな》がっている状況にしておけば、それだけ、佐倉は、疑われますから」

「東京で、六億円が、奪われた時も、岡山観光の東京の古い寮が、舞台として、使われていた。いやでも、岡山観光に疑いが向くことになってしまっている。それも、おかしいといえば、おかしいんだ」

「あの時は、私も、ひょっとして、岡山観光に、疑惑の眼を向けさせるための作為ではないかと、思いました。真犯人は、別にいる筈だと」

と、亀井は、いった。

「私も、同じだったよ。ただ、舞台が、しまなみ海道に移ったから、瀬戸内ビューに対する岡山観光の復讐という姿が、むき出しになった感じで、誰もが、佐倉たちが、犯人と見て、疑わなくなったんだ」

と、十津川は、いった。

「そうです。犯人は、メールで、次々に、われわれ警察に、挑戦して来たんでした。あの時は、われわれは、かっとなってしまって、メールのO・Kの署名を、間違いなく、岡山観光だと思ってしまっていたんです」

亀井も、その時のことを、思い出しながら、いった。

「あの犯人の挑戦メールは、ひょっとすると、犯人の巧妙な罠《わな》だったかも知れないな。犯人にしたら、そんな予告なんかせずに、いきなり、しまなみ海道を通るバスを、爆発させたり、建物を焼いたりした方が、効果的だし、危険も少い筈なんだ。それに、今回の犯人は、えんえんと、警察に、メールを、送り続けてきた。メールごとに、カウントの数字を、書き並べてだ」

と、十津川は、いった。

「あれには、いらいらさせられました。小癪《こしゃく》なと思いましたよ」

「それが、犯人の狙いだったのかも知れないな。われわれは、犯人の挑戦にいらだち、犯人をO・Kつまり、岡山観光と信じて、疑わなくなってしまった」

「というより、ひょっとして、犯人は、別の人間ではないかという疑いを、持たなくなってしまっていたんです。とにかく、この生意気な犯人を、捕えたいということしか、頭にありませんでしたよ。広島県警も、同じだったと思います。愛媛県警もです」

亀井の声も、自然に、大きくなって、いった。

十津川は、肯いた。

「そして、最後に、海中展望塔の占拠というクライマックスが、やってきた。あれも、犯人の計算だったかも知れないな」

「われわれ警察が、想像したとおりのクライマックスでしたからね」

「犯人は、十五人の人質をとり、十五億円という、とんでもない身代金を要求した。そして、しばらくの間、われわれ警察とやり取りがあったあと、逃げられないと思って、自爆した。佐倉真一郎たち四人の死体が、見つかって、われわれは、やはり、犯人は、この連中だったのかと、安心したんだ」

「もし、これが、別の犯人の巧妙な誘導だったとしたら、われわれは、まんまと、それに、のせられたことになりますね」

と、亀井は、いった。

十津川は、煙草に火をつけて、自分の気持を、落ち着かせた。

「真犯人が、佐倉真一郎たちではないとしても、それは、想像でしかないんだ。今の時点では、あくまでも、犯人は、佐倉たちということになる」

と、十津川は、いった。

4

少しずつ、この事件の報道を目にすることが、少くなった。

このままいけば、今回の一連の事件は、岡山観光による、瀬戸内ビューに対する復讐劇ということで、定着してしまうだろう。

橋本が、岡山から、帰ってきた。

また、十津川は、西新宿のPで、彼に、スキヤキを、奢《おご》りながら、亀井と一緒に、話を聞くことにした。

「今度は、仲間と、ひたすら、岡山市内や、牛窓を、歩いて来ました」

と、橋本は、いった。

「ただ、歩いただけじゃないだろう？」

十津川が、微笑する。

「今、向うでは、岡山観光のことを話すのは、何となく、禁句になってしまっているんです。ですから、こちらが、積極的に、きいて廻っても、みんな、口を閉ざしてしまうんです。それで、飲み屋や、レストランや、喫茶店を、ただ歩いて、聞き耳を立てて来ました」

と、橋本は、いった。

「それで、何が、聞こえてきたかね？」

「ええ、がまんして、歩き廻ったおかげで、面白いことが、聞けました」

「それを話してくれ」

と、十津川は、促した。

橋本は、箸《はし》を置き、煙草に火をつけた。

「今は、岡山観光をやめて、奥さんと二人で、牛窓で、喫茶店をやっている人がいました。その店に、私は、五、六回通いました。奥さんも、岡山観光で働いていたんです」

「それで？」

「二人が、岡山観光で働いていた頃、大企業の瀬戸内ビューに、押しまくられて、岡山観光は、そのまま、潰《つぶ》れてしまうのではないかと、思ったそうです」

と、橋本は、いった。

十津川も、煙草をくわえて、

「そうだろうと思うね」

「小宮山という夫婦なんですが、その頃のことを、話してくれたんですよ。今いったように、瀬戸内ビューに、押しまくられて、岡山観光は、潰れると、思ったそうなんですが、なぜか、社長の佐倉真一郎だけは、悠然と構えていたというんです。小宮山夫婦は、その理由が、わからなくて、不思議で、仕方がなかったといいます」

「面白いな」

と、亀井が、いった。

「彼等の話によると、今月は、岡山観光は、赤字で危いなという噂が流れても、なぜか、佐倉社長が、金を用意してきて、倒産をまぬがれてしまう。手形が、不渡りにならなくて、すんでしまう。まるで、魔法みたいだというんです」

「その小宮山という人は、当時、岡山観光の経理でも、やっていたのか？」

と、十津川が、きいた。

「そうです。経理の責任者だったそうです。それで、月末になると、社員の給料が払えるだろうかとか、手形が、不渡りにならないかとか、いつも、ヒヤヒヤしていたというんです。それが、ふいに、佐倉社長がやって来て、何百万とか、一千万の札束を、ポンと投げ出して、それで、何とかやってくれというんだそうです。まるで、マジックみたいに、見えたと、いっていました」

「それは、本当の話なんだな？」

と、十津川は、念を押した。

「それは、無理に、聞いた話じゃありません。今いったように、私と仲間が、五、六回、この店へ通って、コーヒーを飲んでいる間に、小宮山夫婦の方から、話してくれたんです。夫婦は、今でも、佐倉社長と、自分たちと一緒に撮った写真を、飾っているんです。それで、その人は、誰ですかと、私が、聞き、それから、夫婦が、喋ってくれたことなんです。ですから、嘘とは、思えません」

橋本が、いった。

「だとすると、その夫婦は、佐倉真一郎が、誘拐事件の犯人だなんてことは、今でも、信じていないんだろうね？」

と、亀井が、きいた。

「そうです。全く、信じていません」

「問題は、佐倉社長が、用立ててきた金のことだな。その金の出所だ」

と、十津川は、いった。

「それと、関係があるようなことを、小宮山は、佐倉社長から、聞いたことが、あるそうです」

「どんなことだ？」

「その頃、瀬戸内ビューに、どんどん、お客を取られてしまうので、小宮山は、不安になって、このままでは、瀬戸内ビューに、吸収されてしまいます、どうしたらいいでしょうかと、佐倉社長に、相談したというんです。そうしたら、佐倉は、安心しろ、岡山観光は、小さくても、潰れることは、ないといったそうです。理由を聞くと、瀬戸内ビューの長谷川には貸しがあるから、岡山観光を潰したくても、潰せないんだと、佐倉は、いったといいました」

と、橋本は、いった。

「貸しがある――か」

「そうです」

「どんな貸しなんだろう？」

「それは、教えてくれなかったそうです」

「佐倉が、毎月、用意したという金のもとは、その貸しなのかな？」

「かも知れません。小宮山も、そういっていますが、佐倉社長が、死んでしまった今になっては、わからないと、いいます」

「しかし、それが、事実だとするとですね」

と、亀井が、いうと、橋本は、

「事実だと思います。小宮山夫婦が、嘘をついているとは、思えません」

「じゃあ、事実とする。とすると、誘拐事件を起こして、身代金を、長谷川から、奪い取る必要は、なかったことになりますね」

と、亀井は、いった。

十津川は、慎重に、

「それは、あくまでも、証明が、必要だよ。また、貸しの中身も、はっきりしないと、説得力がないんだ」

と、いった。

「他に、岡山で、聞いたことはないのか？」

亀井が、橋本に、きいた。

「私が、驚いたのは、あの辺りで、岡山観光社長の佐倉の悪口をいう人が、ほとんどいないということなんです」

と、橋本は、いった。

「しかし、新聞は、毎日のように、佐倉真一郎たちの犯行を、報道していた筈だが」

と、十津川が、いった。

「そのとおりです。若者たちは、新聞報道を、そのまま、信じている者も多いし、岡山観光のことより、瀬戸内に沈んだ五億円の方に、興味を持っています。しかし、中年以上で、何らかの形で、岡山観光に関係していた人たちは、みんな、佐倉社長のことを、悪くいわんのです」

「現在、旧岡山観光の社員は、瀬戸内ビューの社員になっているわけだろう。そういう社員も、同じなのか？」

「そうなんです。忠臣蔵が、いくら有名でも、仇役の吉良上野介の治《おさ》めていた吉良へ行くと、そこの人たちは、彼が名君だというのと、似ているんです」

と、橋本は、いった。

「人望が、あったということだな？」

「そうですね」

「そうなってくると、佐倉真一郎が、一連の事件の犯人とは、思えなくなってきますね」

と、亀井は、十津川に、いった。

「となると、佐倉真一郎を慕っていた、白石正也、山野淳、野口昌夫、長尾みどりの四人も、犯人ではない可能性が、出てくるな」

「しかし、白石正也は、牛窓のK銀行に、佐倉真一郎の名前で、口座を作り、例の五億円の身代金を、受け取りに、現われています。となると、犯人の一人ということになってしまいますが」

と、亀井は、いった。

「そうなんだが、白石正也と思われる男が、口座を作り、五億円を受け取って、逃げたというのは、あの銀行の支店長の久保進介が、証言しているだけなんだ。彼の証言が、正しいものとして、われわれは、それが、佐倉の仲間の白石正也だと、思い込んできたんだ」

と、十津川は、いった。

「支店長が、嘘をいったと、思われるんですか？」

「その疑いが出てきたと、思っている。久保支店長が、銀行を辞めたとなると、余計に、そう思うんだよ」

と、十津川は、いった。

あの時、K銀行牛窓支店の久保支店長は、電話で、十津川に、連絡してきたのだ。

問題の口座の男が、五億円を、引き出しに来たと、である。

そして、二階の支店長室に男を通し、五億円を渡した。

十津川は、男の指紋を採ってくれるように、頼んだが、相手は、手袋をはめていて、それは、不可能だった。

ただ、支店長は、白石正也によく似た男だったと、証言し、それが、決定的になった。

何しろ、支店長室で、犯人と、久保支店長が、二人だけになっていたのだ。

ひょっとすると、二人は、知り合いで、これから、警察を欺《だま》してやろうじゃないかと、話し合ったかも知れないのである。

十津川は、ふと、宙を睨《にら》むように見て、

「久保支店長は、男に、五億円を、渡さなかったのかも知れないな」

と、いった。

亀井は、びっくりして、

「それ、どういうことですか?」

「あの誘拐事件の犯人が、佐倉たちではないとすると、どうなる? われわれが、全く知らない人間とは、考えにくいじゃないか。とすれば、真犯人は、瀬戸内ビューの人間ということになってくる。長谷川社長たちだよ」

「つまり、誘拐事件は、ヤラセということですか？」

「そうだ。となると、犯人役の男に、なにも、五億円の現金を渡す必要は、ないわけだよ」

「しかし、長谷川は、五億円を、K銀行牛窓支店の佐倉真一郎の口座に、振り込んでいます。それは事実です」

と、亀井は、いう。

「そのとおりだ。だから、五億円は、引き出された。しかし、犯人役が、持って逃げたとは、限らない。彼は、五億円を入れた二つのジュラルミンのケースを持って、モーターボートで、逃げたが、そのケースの中は、同じ重さの雑誌や、石が入っていたのかも知れない」

「そうだとなると、五億円の現金は、どうなったんですか？」

「支店長が、取って、ひそかに、長谷川社長に、戻したんじゃないかね」

「しかし、犯人役の男は、モーターボートで、逃げ、大型クルーザーと、衝突して、瀬戸内海の海底に、沈んでしまいましたが――」

「私は、それも、芝居ではないかと、思い始めているんだよ」

と、十津川は、いった。

「芝居——ですか?」

「そうだよ」

「しかし、犯人のモーターボートは、大型クルーザーのキングI世号と、衝突して——」

「それも、出来レースだとしたら?」

と、十津川は、いった。

「あの船長や、甲板長たちが、嘘の証言をしたというんですか?」

と、半信半疑の表情で、亀井が、いった。

「クルーザーは、金が、かかる。特に、キングI世号のような、外洋大型クルーザーはね。長谷川に、金を貰って、芝居をしたのかも知れない。もちろん、衝突したのは、事実だ。だが、激突ではなく、軽く、ぶつかった。あらかじめ計画したとおりにだよ。犯人役の男は、その時、アクアラングを身につけ、自ら、モーターボートを沈め、自分は、海中にもぐったんじゃないか。キングI世号の乗組員は、あらかじめ与えられたシナリオ通りに、警察に、証言する。モーターボートの方から、激突してきて、あっという間に、沈んでしまったとだよ。これで、五億円も、海底に沈んでしまったことになった」

と、十津川は、いった。

「今、キングI世号は、何処にいるんでしょうか？」

「それは、明日、調べよう」

と、十津川は、いった。

翌日。十津川は、海上保安庁に、キングI世号のことを、問い合せた。

「キングI世号は、現在、ハワイに向って、航行中です。提出された予定表によると、この船は、九カ月かけて、世界を一周し、牛窓に、帰ってくることになっています」

と、回答が、あった。

「九カ月かけて、世界一周ですか。優雅なものですな」

と、亀井が、いうと、十津川は、

「スポンサーは、瀬戸内ビュー社長の長谷川だろう」

と、いった。

「第一の事件で、依頼された芝居をやった。その報酬というわけですか」

「そうだろうね」

「海上保安庁から、直ちに、帰港するように、キングI世号に、命令を出して貰いますか？」

「そうだな」

と、十津川は、肯いた。

三上本部長から、海上保安庁に、改めて、要請の連絡が行われた。

しかし、海上保安庁からの無線連絡に対して、キングⅠ世号の無線が、故障したのか、途中から、連絡不能に、なったという。

「明らかに、通信機の故障と、見せかけていますよ」

と、亀井が、いった。

十津川も、苦笑して、

「多分、そうだろう。小細工を、しているんだ。まあ、連中は、小物だから、今は、放っておこう。いずれ、帰国次第、逮捕だ」

と、いってから、

「それより、われわれの推理が、正しいことを、証明しなければならない」

「警部のいわれるとおりだとすると、白石正也が、五億円と共に、瀬戸内に沈んだというのは、嘘ということになりますね」

「そうだ」

「白石正也じゃないということも、考えられますね」

と、亀井が、いった。

「もし、白石正也とは、別人なら、彼になりすまして、佐倉真一郎たちに、疑いを向けさせようとして、長谷川たちが、作りあげた人間だと思うね。もし、白石正也本人なら、彼が、仲間を裏切ったということになる」

「白石正也でなければ、御本人は、今、どうなっていると、思いますか？」

と、亀井が、きいた。

「佐倉真一郎たち四人は、高根島の海中展望塔で、爆死している。いや、爆死させられたのかも知れない。とすると、五人目の白石正也も、今頃は、殺されてしまっている筈だよ。長谷川が真犯人とすれば、彼にとって、一番いいのは、白石正也が、溺死して、瀬戸内の海底に、横たわっていることなんだと思うね。そうすれば、佐倉たちが、誘拐犯人で、その一人、白石正也が、五億円を奪って、モーターボートで逃げ、キングI世号と激突し、五億円入りのジュラルミンのケースと一緒に、今も、海底に眠っているストーリイが、それによって、完成するからね」

と、十津川は、いった。

「とすると、白石正也は、すでに、溺死させられていて、その中《うち》に、瀬戸内の海上に、ポッカリと、浮んでくるように、仕組まれているかも知れませんね」

と、亀井が、いった。

この亀井の予言が、見事に適中して、二日後、瀬戸内の鞆《とも》の浦《うら》沖の小さな皇后島近くで、漁船が、浮んでいる男の溺死体を、発見した。

体内にガスが溜まり、風船のようにふくらんだ、溺死体だった。

上衣の内ポケットから、運転免許証が、見つかり、死体が、白石正也とわかったという知らせをうけて、十津川は、亀井と二人、広島県福山市に飛んだ。

「カメさんの予想どおりになったね」

と、十津川は、広島行の飛行機の中で、亀井に、いった。

亀井は、笑って、

「犯人も、そろそろ、白石の死体を出した方がいいと、思ったんじゃありませんか」

と、いった。

午後三時過ぎに、二人を乗せた日本航空173便が、広島空港に着いた。

空港には、広島県警の滝本警部が、迎えに来てくれていた。

車に乗り込むと、すぐ、福山に向った。

「これで、佐倉真一郎と共犯の四人が、全部、揃ったわけです」

と、滝本は、満足そうに、十津川に、いう。

犯人は、別にいるという推理は、十津川は、いえなかった。今のところ、証拠はないからである。

それに、今は、長谷川たちを、安心させておいた方がいいだろう。

「死体は、現在、福山市内の病院で、司法解剖されています」

と、滝本が、いった。

「白石正也に間違いありませんか？」

亀井が、念を押した。

「間違いありません。ふくらんで、顔は、変形してしまっていますが、運転免許証の写真の男です。医者も、確言しています」

と、滝本は、いった。

「長時間、海に沈んでいたことも、間違いないんですね」

と、十津川は、いった。

「検視官は、一カ月は、海中にあったろうといっています」

滝本は、十津川たちに、地図を渡して、

「その×印の地点あたりに、五億円を積んだモーターボートは、沈んでいると、思われています。犯人の白石正也は、ボートのキャビンに閉じ込められていた。それが、体内にガスが充満し、浮力がついて、キャビンの外に飛び出して、海上に、浮び上がったものと、考えられます。そのあと、潮の流れで、鞆の浦まで流れて来て、漁師に発見されたと見ています」

「五億円探しは、相変らず、続いていますか？」

十津川が、きいた。

「あの辺りは、ジャリ採取で、海底が、えぐり取られているので、危険なんです。われわれとしては、岡山県警に、注意を促しているんですがね。今回の白石正也の死体が、見つかったことで、更に、フィーバーするのではないかと、危惧《きぐ》しているんです」

と、滝本は、いった。

福山警察署に着く。

ここで、問題の運転免許証や、死体が、身につけていた衣服や、腕時計、靴などを、見ることが、出来た。

衣服や、靴などは、確かに、海水が、浸み込んでいる。

腕時計は、キングI世号と、激突したと思われる時刻、5：56で、止まっていた。

免許証と、一緒に、ケースに入っていたというメモも、あった。

パソコンで、書いたと思われる文字が、並んでいる。

〈K銀行　牛窓支店

モーターボート（バードII世号）桟橋の先端左側〉

これだけのメモである。

十津川たちが、福山署にいる間に、司法解剖の結果が、報告されてきた。

死因　強い力が働き、首の骨が折れている。そのための死亡と思われる。

死亡推定時刻

海中に長時間浸かっていたために、測定は難しいが、一カ月以上前であることに

間違いない。

「死因は、溺死じゃなかったんですね」

と、亀井が、いった。

「大型クルーザーに、乗っていたモーターボートが、衝突したんですから、その時、首の骨が、折れたんだと思います」

と、滝本は、いった。

「一カ月以上、瀬戸内の海に沈んでいたことは、間違いありませんか？」

十津川が、念のために、きいた。

滝本は、笑って、

「他の海水に、沈められていたのではないかと、いうことですか？　もちろん、われわれとしても、海水の成分は、調べています」

と、いった。

どうやら、本庁の刑事は、疑い深いなと、思ったのだろう。

この調査結果も、その日の中《うち》に報告されてきた。

東は、淡路島から、西の伊予灘《いよなだ》までの間の、瀬戸内といわれる海域の海水の成分と、比較して調べたところ、全く、同じ成分比だったたという報告だった。

死体の体内と、衣服に浸み込んでいた海水の成分である。

この報告を受けて、広島県警本部長は、翌日、記者会見を、開いた。

その会見の様子を、十津川と、亀井は、福山署のテレビで見た。

本部長は、自信にあふれていた。

「これで、犯人たちは、全員、死亡が、確認されました。佐倉真一郎、山野淳、野口昌夫、長尾みどり、そして、今回、死体が発見された白石正也の五人です。合計十一億円の身代金が、いまだに発見されないのは、残念ですが、犯人グループについては、これで、明らかになりました」

と、本部長は、いった。

「この五人の役割は、どんなものだったんでしょうか？　特に、長尾みどりという女性の役割に、興味があるのですが」

記者の一人が、きく。

「佐倉真一郎は、リーダー格です。白石正也は、第一の誘拐事件で、五億円をモーターボートに積んで逃亡を図り、大型クルーザーにぶつかって死亡したことは、今回で、確認されました。あとの三人と、リーダーの佐倉は、次の身代金奪取や、しまなみ海道のテロ行動で、活躍したわけですが、女性の長尾みどりは、今回の誘拐は、長谷川社長の五歳の三女、長谷川かえでが、人質でしたから、女の長尾みどりが、彼女の面倒を見ていたのだと、考えています」

と、本部長は、説明したあと、特に、一言と、いって記者たちに訴えた。

「われわれが、心配しているのは、白石正也の死体が、見つかったことで、五億円の身代金探しが、激しくなることです。瀬戸内ビューが、発見者に、一割の五千万円を、進呈すると発表していますが、再三、警告しているように、五億円が、沈んでいると思われる海域は、今は、中止されていますが、海砂を採取されていた場所で、海底がえぐられ、海流も、複雑になっていて、ダイビングには、危険なのです。それを、一言、いっておきたいのです」

「瀬戸内ビューが、会社で、五億円の引き揚げを、考えてはいないんですか？」

と、他の記者が、きいた。

「詳しいことは、瀬戸内ビューに聞いて下さい。ただ、われわれの聞いたところでは、会社としても、引き揚げを考えているが、計算すると、海底の調査と、引き揚げで、五億円の倍の十億円の費用が、かかってしまう。それで、今は、実行できないということのようです」

と、本部長は、いった。

新聞も、テレビも、本部長の談話にそって、事件を、報道した。

今や、事件は、解決し、あとは、身代金探しに移ってしまっていた。

ただ、十津川と、亀井の二人だけが、本件の本当の始まりは、これからだと、覚悟していた。

二人は、帰京する前に、鞆の浦に行ってみた。瀬戸内の海を見るためだった。

二人は、海岸に出て、沖の島々を眺めた。

十津川は、手で、海水をすくって、口に、入れてみた。

当り前だが、塩からい。

「白石正也は、一カ月以上、これと同じ海水に浸っていたんだ」

「われわれの推理が、正しければ、モーターボートが、キングI世号と、衝突した日、別の場所で、白石正也は、首の骨を折られて、殺されていたことになる」

「そうです」

「そのあと、これと同じ成分比の海水に、ずっと、浸けられていたわけだが、瀬戸内海に、沈めておいたとは、思えない。いつ、浮き上ってしまうか、わからないからだ。重石をつけておいてもだ」

「水槽に、ここの海水を汲んで、入れ、そこに、沈めてあったんじゃありませんか」

と、亀井は、いった。

「大きな水槽が必要だぞ」

「プールなんかは、どうでしょう?」

「駄目だな。プールの深さは、せいぜい、二メートル足らずだ。上から見れば、死体が、簡単に、見えてしまうよ」

と、十津川は、いった。

「それが、わからないと、今回の事件の真相の解明は、難しいですね」

「そうですね」

「その代り、もし、その場所が、見つかれば、それを突破口にして、今回の一連の事件の真相に迫れると、思うよ」

と、十津川は、いった。

終章

1

一つの情報が、十津川の耳に入った。
四国香川県の小豆島《しょうどしま》にある、水族館のことだった。
名前は、小豆島水族館。島の西側、土庄町《とのしょう》にある。
その水族館を、二つの理由で、十津川は注目した。
一つは、第一の事件が起きた牛窓の沖に浮かぶ、小豆島にあったことである。
第二は、最近になって、瀬戸内ビューの傘下に入っていたからである。
十津川は亀井とすぐ、この水族館を訪れてみることにした。

二人は、四国側から入らず、岡山側から入ることにした。

岡山から、小豆島の土庄港に、船便が出ている。

十津川たちは、それを利用して、小豆島に向った。

小豆島の売り物は、オリーブと日本のエーゲ海だが、それは、対岸の牛窓の売り物と、全く同じだった。

土庄港でおりる。

港から湾岸道路を北へ五キロほど行ったところに、問題の水族館があった。

傍に、これも、瀬戸内ビューが経営するリゾートホテルがあった。

二人は、このホテルに、まずチェック・インした。海と緑に囲まれ、広大な敷地に建つ五階建のホテルである。

リゾートホテルらしく、敷地内に、9ホールのゴルフコース、プール、テニスコートなどが、設けられていた。全室から海が見えるのも、日本のエーゲ海が売り物のリゾートホテルらしかった。

ホテルから水族館には、シャトルバスが、出ていた。

二人は、そのマイクロバスで水族館に向った。

コンクリートが、むき出しになった水族館で、瀬戸内海の魚が、水槽に、あふれていた。

外に出ると、コンクリートでかためた海水プールがあって、そこで、イルカのショーをやっていた。

観客が、拍手している。

そのプールの更に先に、岩礁を利用した入江のようなものが、見えた。

小さな入江の入口をふさいだ作りだが、それが、何のためのものか、わからなかった。

十津川は、案内人をつかまえて、聞いてみた。

「ああ。あれは、天然の水槽です」

と、案内人は、いった。

「どんな魚を入れておくんです？」

「今は、何も入っていませんが、イルカが、獲《と》れたという知らせが入ると、一時的に、向うの水槽に入れておくんです。そのあと、こちらのプールに移して調教します」

「深いの？」

「何しろ、自然の入江ですからね。深い所は、百メートルぐらいだと聞いています。おかげで、いつも、あの中の海水は、新鮮さを、保っています」

「ちょっと、見せて貰っていいかな？」

「今は、イルカは、入っていませんよ」

「いいんだ」

十津川は、相手に、警察手帳を見せた。

案内人は、黙って、鉄柵を開いた。二人は、そこから、入江に向って、歩いていった。

先端近くに、プレハブの小屋が、建っていた。傍にモーターつきのゴムボートが、つないであった。

二人が、近づくと、小屋から、四十代の男が、出て来て、

「ここは、オフ・リミットですよ」

「われわれは、警察だ」

十津川は、この男にも、警察手帳を見せた。

男は、眉を寄せて、

「ここには、今は、何もいませんよ」

「われわれは、イルカを見に来たんじゃないんだ」

十津川は、コバルトブルーの海面に眼をやった。

「向うに、筏《いかだ》が、浮んでるが」

「ここは、イルカが、入ってる時は、あの上から、監視し、エサをやるんです」

と、男が、いう。

「このゴムボートで、往復するんだね？」

「そうです」

「あの筏が、流れないのは？」

「イカリを下しているからですよ」

「なるほどね。人間の死体に重石をつけて、あの筏の下に吊しておくことも出来るわけだ」

十津川が、いうと、男の顔色が、変った。

遠くに眼をやると、牛窓のマリーナや、その背後の陸地が、見えた。

「人間の死体を、吊り下げたことが、あるみたいだな」

と、十津川は、振り向いて、男に、いった。

「とんでもない。なぜ、そんなことをする必要があるんです？　ここは水族館ですよ」

男は、顔を赤くして、いった。

「君の名前は？」

と、亀井が、強い眼で、男を見すえた。

「三条宏ですが、それが、何か？」

「この天然の水槽に、男の死体を、沈めていたという知らせがあったんだよ。われわれは、君が、その男を殺したとは、思っていない。海中に沈めておくのを、手伝っただけだということは、わかっている。しかし、何もかも否定すると、君も、殺人と、死体遺棄容疑で、逮捕することになるよ」

と、十津川は、脅した。

とたんに、三条という男は、小さく、ふるえ出して、

「死体だなんて、知らなかったんです！」

と、叫ぶように、いった。

「わかるよ。知らないで、君は、死体の見張りをしていたんだ。それを、君に命じたのは、誰なんだ？」

と、十津川は、きいた。

三条は、迷ったあげく、

「本社から、社長秘書の緒方さんが来て、いわれたんですよ。あの筏の下に、重要書類を入れた箱を沈めたから、流れないようにロープを、見張っていろとですよ。ロープの先に、死体があるなんて、知らなかったんです。嘘じゃありません」

「それから?」

「ある日、また、緒方さんが、やって来て、明日一日、休みをとりなさいと、いわれたんです。一日休んで、出勤したら、もう筏に結ばれたロープは、消えていましたよ」

三条は、なぜか、ニヤッと笑った。

十津川には、その笑い方が、引っかかった。どうも、この中年男は、油断のならないところがある感じだった。

十津川も、笑って、

「君は、素直に、休んだわけじゃないんだろう?」

と、カマをかけた。

三条は、また、ニヤッとして、

「突然、休めなんて、何かあるなと思うのが、当然でしょう」

「そりゃあ、そうだが」

「だから、あの山の上から、ひそかに、眺めていたんですよ。ビデオカメラを持ってね」

三条は、裏山の方を、指さした。

「それで、何を見たんだ？」

と、亀井が、きいた。

「そしたら、その日に限って、なぜか、イルカショーが、中止になっているんですよ」

「つまり、この地区には、誰も入らないようにしたわけだ」

「そうです。双眼鏡で見てたら、緒方さんが、もう一人の男と、筏にあがって、何か、引き揚げているんです。緒方さんは、私には、大事な書類だといっていたが、見ていると、あがってきたのは、書類の入った箱ではなく、人形でした」

「人形が？」

「人形にしか見えませんでしたね。ぶくぶくに太った大きな人形ですよ。でも、その中《うち》に、気がついたんですよ。私は、若い時、瀬戸内で、漁師をやっていて、何回か、ドザエモンを見ている。長い間、海底に沈んでいて、腐敗して、身体中に、ガスが溜《たま》って、浮き上ってきた死体ですよ。緒方さんが、引き揚げたのは、そのドザエモンじゃないかとわかったんですよ。もう、うす暗くなってましたよ。完全に暗くなってから、二人は、そのドザエモンを、ゴムボートで引っ張って、入江を出て行きましたよ」

「君は、それを、ビデオに撮ってたんじゃないのか？」

と、十津川は、きいた。

「わかりますか？」

「ビデオカメラを、わざわざ持って行ったのは、そのためなんだろう？」

「今のビデオカメラは、一〇〇倍のズームがついているんですよ。それに、ナイトビジョンもついているから、暗くても平気だった」

「そのテープはどうしたんだ？」

と、亀井が、きいた。

三条は、ニヤッとして、

「金になりましたよ」

「緒方に、売りつけたのか？」

「いっておきますが、私は、ゆすったりはしませんよ。黙って、緒方さんに、そのテープを見せただけですよ。そうしたら、緒方さんは、こういいましたね。非常に面白いビデオだから、ぜひ、買わせて貰いたいってね。二百万円で、買ってくれましたよ」

「じゃあ、そのテープは、今は、緒方が、持っているのか？」

「そうだが、今は、素人でも、簡単に、ダビングできるんですよ。ビデオデッキが二台あればね」

と、三条は、いう。

十津川は、「食えない男だな」と、思いながら、

「そのダビングしたテープも、緒方に売りつけたのか？」

「そうしようと思っていたら、あんた達が、やって来たんですよ」

「じゃあ、テープを見せて貰えるわけだね？」

十津川が、いうと、三条は、

「条件がある」

「どんな条件だ？」

「私は、何の罪にも問われないこと。二百万円は、正式な商取引きで得たものだから、没収されない。この二つが、守られたら、ダビングしたテープは、提供する」

「ノーといったら？」

「テープは、永遠に警察の手に渡りませんよ」

「警察を、脅迫するのか」

亀井が、怒る。

十津川は、彼を制して、三条に、

「市民の協力は、必要だ」

「じゃあ、私のマンションに行きましょう。テープを提出する」

と、三条は、いった。

2

これで、突破口が、出来たと、思った。

三条から、「市民の義務として提供された」テープには、今どきのビデオカメラらしく、日付が入っている。その日付は、瀬戸内で、白石正也の水死体が発見される前日の夜だった。

十津川は、瀬戸内ビューの東京本社で、社長秘書の緒方勇、四十五歳を、白石正也に関する殺人及び、死体遺棄容疑で、逮捕した。

同時に、岡山県警は、元Ｋ銀行牛窓支店長の久保進介、四十六歳を、逮捕した。容疑は、誘拐の共犯だった。

牛窓支店は、第一の事件で、五億円の受け渡しの場所として、有名になった。

久保は、世間をさわがせたことと、犯人に、五億円を渡してしまったことの責任をとって、定年前だが辞職したのである。

その時、マスコミは、久保の行動を、潔《いさぎよ》しとして、賞讃した。

支店長には、別に罪はないのに、それでも、責任をとったことへの賞讃だった。

その久保が、突然、逮捕されたのである。

連行された久保は、最初、黙秘を続けた。

しかし、東京で、緒方が、逮捕されたことを知らされ、その上、小豆島の水族館から、白石正也の腐乱死体を、緒方と、もう一人の男が、ゴムボートで、入江から瀬戸内海に運び出している写真を見せられると、とたんに、黙秘が、崩れてしまった。

「緒方さんから、頼まれたんです。今、瀬戸内ビューが、経済的に難しいところへ来ている。何とか、立ち直らせたいので、協力してくれとですよ。瀬戸内ビューみたいな大きな会社がと不思議でしたが、不況の風は、瀬戸内ビューまで、襲っていると聞いて、びっくりしたんです」

と、久保はいった。

「それで、協力したのか？」

「誰も傷つかないと、いうことでした。誘拐事件が起きて、五億円の身代金が奪われてしまう。その五億円は、税金の申告の時、損失として、認められますからね。税務署も、絶対に、見破れない。五億円が、実際に、K銀行牛窓支店の佐倉真一郎の口座に振り込まれ、支店長の私が、犯人に、五億円を渡すんですから」

やや、得意気に、久保は、いった。

「だが、渡さなかったんだろう？」

「芝居ですからね。私の役目は、支店長室で、犯人役の男に、古雑誌を詰めたジュラルミンケースを渡すことでした。そのあと、そのケースは、海底に沈むことになっていて、そのとおりになりましたよ」

「五億円の現金は、緒方に渡したんだな？」

「事件が、静まるまで、支店長室へ隠しておき、その後、緒方さんに、渡しましたよ」

「それで、いくら貰ったんだ？」

「緒方さんは、おかげで、会社は、苦境から救われ、社長も感謝しているといわれましてね。過分のお礼を頂きました。一千万ほどです」

と、久保は、いった。

「その後、K銀行を辞めたが、その時の気持は？」

「もともと、私は、宮仕えに適してないんですよ。五十歳を過ぎたら、何か趣味の店でもやってみたいと思っていたんです」

「それで、事件のことを、今、どう思っているのかね？」

「あの時は、瀬戸内ビューの建て直しに、役に立ったのだと思って、喜んでいましたよ。その背後に、いろいろとあったとしても、それは、私には、関係のないことです」

「五億円を、取りにやってきた犯人は、白石正也だと、君は、証言しているが、それも、そう証言してくれと、頼まれていたのかね？」

「緒方さんから、一人の男の写真を渡されましてね。犯人は、この男だと、いってくれといわれました」

「実際にやって来た犯人は、どんな男だったんだね？」

「よく似ていましたよ。きっと、そんな男を選んで、犯人役に仕立てたんでしょうね。だから、銀行の監視カメラに写った男の写真を見ても、警察は、何の疑いも持たなかったんだと、思いますね」

と、久保は、いった。

最後まで久保に、あまり反省の色は見えなかった。

3

広い社長室で、瀬戸内ビュー社長の長谷川要は、じっと、一点を見すえていた。

（全て、うまくいく筈《はず》だったんだ）

何度、同じ言葉を、呟《つぶや》いたか、わからない。

長谷川は、二つの問題に直面していた。

一つは、岡山観光のことだった。

長谷川は、瀬戸内海の観光事業の完全制覇を狙っていた。

それを成し遂げてから、東京への進出を考えていた。

ただ、それを、急ぎ過ぎた。

岡山観光は、古くから、瀬戸内の観光事業に、手を染めていて、信頼があった。瀬戸内全体の観光事業を、一手におさめるには、この岡山観光を、叩き潰《つぶ》すか、吸収するかのどちらかが、必要だった。

それが、なかなか進まなかったので、つい、長谷川は、強引な手段を取ってしまったのである。

主に、秘書の緒方を使って、岡山観光の佐倉社長のスキャンダルを、でっち上げたのだ。モデル出身の女に、佐倉を誘惑させ、買収した週刊誌の編集長に、それを、書かせるという筋書きだった。

ところが、それが、失敗して、逆に、佐倉に、尻尾を握られてしまったのである。

もう一つは、瀬戸内ビュー自体の経営悪化だった。

何よりも痛かったのは、瀬戸内ビューが、力を入れてきた「しまなみ海道」の事業が、失敗したことだった。多額の投資をした海中展望塔や、レストランなどが、計画通りの利益をあげることが出来ず、赤字が続いてしまっていた。

撤退すれば、他の施設にまで、悪影響があるのではないかという不安があった。何よりも、瀬戸内ビューが、危いという噂が出るのが怖かった。

この二つを、同時に解決する方法はないかと、考えたのだ。

長谷川は、信頼する秘書の緒方を中心にすえ、若手の社員五人に、チームを結成させて、方法を考えさせた。

社の重役に相談しなかったのは、重役たちは、どうしても、事なかれ主義に走ってしまうと、思ったからだった。

「過激な方法でもいい。この二つの難問を何とか、早急に解決したいんだ」

と、長谷川は、注文した。

その結果、考えられたのは、「岡山観光による、瀬戸内ビューに対する復讐劇」だった。

具体的には、長谷川の娘の誘拐劇である。

確かに、過激だったが、その計画に、長谷川は、賛成した。

そして、実行されたのである。

必要なところには、惜しみなく、金をバラまいた。

K銀行牛窓支店の支店長、大型クルーザー「キングI世号」のクルーなど、買収しておいてから、第一の誘拐事件が、実行された。

表面的には、誘拐されたのは、長谷川の娘のかえでということになっているが、この誘拐事件のあと、緒方たちは、岡山観光の佐倉社長と、佐倉のまわりにいる男女四人を、誘拐、監禁していったのだ。

警察は、少女誘拐の容疑者たちが、姿を消したと考えていた。それも、計算ずみのことだった。容疑者たちは、姿を隠し、次の行動を、企んでいると、警察は、思うだろうという計算だった。

牛窓を舞台にした身代金五億円の支払いは、長谷川の思惑どおりに進行した。

白石正也に扮して、K銀行牛窓支店を訪ねたのは、顔のよく似た柳原琢二という男だった。緒方の大学の後輩で、ダイビングに、慣《な》れていた。柳原は、計画通り、五億円入りと見えるジュラルミンケースを、モーターボートに積み込んで、牛窓のマリーナから、逃走する。

当然、警察の船が、追跡に移る。それも、計算に入っていた。

逃走するボートのキャビンの中で、柳原は、アクアラングを、身につける。

予定どおりに、外洋クルーザーの「キングI世号」が、前方に出現。柳原は、自分のボートを、キングI世号にぶつけ、予定どおりに、沈没した。

柳原は、アクアラングをつけて、海中にもぐり、近くの海岸に上陸した。

キングI世号の乗組員たちは、モーターボートが、ぶつかって来て、沈没したと、予定どおりに証言した。

警察も、マスコミも、誘拐犯人が、身代金の五億円を奪って、モーターボートで逃走したが、大型クルーザーに、激突して、五億円と共に、海底に沈んだと考え、報道した。

誘拐犯は、身代金の奪取に失敗したのだから、当然、再度、身代金を要求するだろう。

だから計画どおりに、要求が、行われた。

今回は、六億円。その金額も、計画の中にあったものである。

ほとんど使われることがなくなっていた、岡山観光東京支店寮に目を付け、大通りの向いの事務所を、買っておき、両者をつなぐ地下道を掘っておいた。

こうしたお膳立ては、全て、緒方グループが、実行した。

この計画も、上手くいき、長谷川も、自信を持った。

この成功で、ひとまず、誘拐事件の幕を下したのは、三度目になると、警察に疑惑を持たれると、考えたからだった。

この時点で、瀬戸内ビューは、十一億円の損失を創ることに成功した。

「岡山観光の復讐」という図式が、マスコミに定着していったので、いよいよ、最後の計画を実行することになった。

しまなみ海道にある瀬戸内ビューの赤字施設を、うまく整理する計画の実行である。第三者の力によって、破壊し、保険金をとり、しかも、翌年の税金申告の時、赤字として計上できるようにすることだった。

まず、メールで、しまなみ海道の瀬戸内ビューの施設の破壊を、予告する。その犯人は、岡山観光（O・K）にした。

この時、すでに、岡山観光社長の佐倉真一郎たちは、緒方たちによって、監禁されていた。

佐倉真一郎
野口昌夫
白石正也
山野淳
長尾みどり

この五人は、岡山県の奥津温泉近くにある瀬戸内ビューの社員寮に、監禁されていた。

この寮は、改修するということにして、半月前から、空家にしてあったのである。

この中の大部屋に、鉄格子をはめ、五人を監禁しやすくしておいたのだ。

五人の中の白石正也は、第一の事件の直後に、殺害し、死体は、小豆島の水族館裏の入江に、ロープをつけて、沈めてあった。

しまなみ海道に、マスコミの視線が集った。

警察も、しまなみ海道に、警戒を集中させた。もちろん、計画どおりだった。

こんな場所で、事件を起こせば、警察も、マスコミも、まさか、赤字解消のために、瀬戸内ビューが、自分の施設を、破壊したとは、思わないだろう。それが、長谷川たちの計画だった。

最初に、狙いをつけたのは、大三島にあるレストランと、みやげもの店である。この二つは、高根島の海中展望塔に次いで、大きな赤字を生んでいる施設で、瀬戸内ビューのお荷物の一つだった。

このレストランで、昼食をとる計画の大型バスに、緒方たちは、爆薬を仕掛け、大三島に渡る橋の上で、海上のボートから、時限装置のスイッチを入れた。

この作業は、自衛隊あがりの梅野勝が、担当した。

彼は、自衛隊では、爆発物処理班に所属していて、この方面に、知識が、あったからである。

梅野の計算どおり、大型バスは、レストランの駐車場に入り、乗客が、おりたあと、爆発した。

駐車場にとまっていた観光バスに引火していった。

同時に、レストランに引火し、計算どおり、レストランと、みやげもの店が全焼した。

全てが、計算どおり、上手くいったのだ。

そして、最後の仕上げに取りかかった。

瀬戸内ビューにとって、最大の赤字を、破壊すること。

犯人に仕立てた佐倉たちを、自殺に見せかけて殺すこと。

この二つを、高根島の海中展望塔を、爆発させることで同時に達成するという計画だった。

監禁している佐倉たちと同人数の四人が、高根島に集結した。

緒方たち四人である。

前日の夜、緒方たちは、監禁していた佐倉真一郎たち四人に、強力な睡眠薬を注射して、ひそかに、高根島の海中展望塔に、運び込んだ。

塔の中にある物置きの中に、放り込む。

夜が明け、係員と、観光客が、展望塔にやってくる。

午前十時に、緒方たち四人は、目出し帽をかぶり、拳銃を手に、展望台に乱入した。

展望台の中は、一瞬にして、修羅場になった。

その時、海中展望塔の中には、社員三人と、観光客十二人がいたのだが、その中の四人は、緒方たちだったのだ。

緒方たちは、たちまち、社員三人と、観光客八人を縛りあげ、目隠しした。

そして、対岸にある瀬戸内ビューのレストランに直通電話をかけた。

「十五人を人質にとった。身代金十五億円を用意しろ」

と、緒方は、声を変えて、要求した。

殊更に、人質が十五人と繰り返したのは、土壇場で、自分たちが、観光客の中に紛《まぎ》れて、逃げるためだった。

社長の長谷川は、正式な表の秘書を連れて、高根島のレストランに駈けつけ、広島県警の滝本警部を混えて、「犯人」と、交渉した。

とにかく、瀬戸内ビューが、払えないほどの高額の身代金を要求することは、最初から、計画の中に入っていた。

緒方は、電話のやりとりの中で、自分たちが、瀬戸内ビューを恨む岡山観光の人間であることを、匂わせて、いった。

交渉は、だらだら午後三時過ぎまで続いた。

これは、長谷川にとっても、緒方たちにとっても、儀式みたいなものだった。

犯人が、追い詰められていく儀式である。

そして、最後に、緒方たちは、展望塔の一番底に、プラスチック爆弾を仕掛け、物置きから、まだ眠り続けている佐倉たち四人を引きずり出した。

四人に、自分たちのかぶっていた目出し帽をかぶせる。

次に、自分たちも、後手に縛り、監禁されている人質たちに向って、

「犯人が、爆弾を仕掛けたぞ！　早く逃げろ！」

と、怒鳴った。

人質たちは、縛られたまま、必死に、海中展望塔の外に飛び出した。

目隠しを、口で外した者もいれば、目隠しをしたまま、外に転げ出た者もいた。

刑事たちが、橋を渡って、助けに来たとき、轟然《ごうぜん》と海中展望塔の中で、爆発が起きた。

4

助かった者は、社員が三人、男女の観光客が十二人の合計十五人である。

この十二人の中に、緒方たち四人も、入っていたが、現地社員の三人は、緒方たちの顔を、この時、誰も知らなかった。

海中展望塔の中で、四人の男女の死体が発見され、犯人たちと、断定された。

指紋と、血液型から、焼けただれた死体は佐倉真一郎、山野淳、野口昌夫、長尾みどりと判明した。

このことが、警察を納得させた。一連の事件の捜査の中で警察が容疑者として、マークしていた四人だったからである。

（ここまでは、うまく、いったのだ）

と長谷川は、また、宙を睨んだ。

社長の佐倉真一郎を失った岡山観光は、たちまち、瀬戸内ビューの傘下に組み込まれることとなった。

佐倉が死んだ今は、誰に後めたさを感じることもないし、尻尾をつかまれたというマイナスも消えた。

瀬戸内ビューは身代金の十一億円と、しまなみ海道の施設が破壊されたことによる百億円以上の損失が、認められることになった。

その上、赤字を生む海中展望塔と、レストラン、みやげもの店は、整理され、保険金も、手に入った。

来年の税金は大幅に免除されるだろう。

また、誘拐犯と戦い、人質を助けたということで、瀬戸内ビューの会社としての名声もあがった。

これで、瀬戸内海全体の観光事業を、瀬戸内ビューが、一手に引き受けることが出来ると、長谷川は、確信したのだ。

彼のために、働いてくれた秘書の緒方たち六人には、長谷川は一人に一千万円の金を与え、しばらく、外国旅行をしてくるようにいった。

海中展望塔の爆破があった二日後である。

緒方たちは前もってパスポートをとっていて緒方以外の五人は、次々に、それぞれ好きな外国に向って旅立っていた。

誰も、それを、妨害する者はいなかった。

最後に、緒方がパリに旅立つことになっていた。

長谷川は、彼には別に五百万円を渡すつもりになっていたのである。

広島県警や愛媛県警は佐倉たち犯人五人の死によって、事件は、終結したと、記者会見で、発表していたのである。

それが、突然、一変した。

小豆島の水族館の係員三条が、緒方がゴムボートで、白石正也の腐乱死体を運んでいく姿を撮ったテープを、警察に渡してしまったのだ。

（あの三条を始末しておけばよかったのだ）

と、長谷川はホゾを嚙んだが、後の祭りだった。

三条は、そのテープを売りつけてきた。仕方なく、二百万円を払って買い取ったのだが、三条は抜け目なく、ダビングして、もう一本テープを作っていたのだ。

それに、気付かなかったのは、今から考えれば、いかにも、迂闊《うかつ》だった。二本目のテープを取り上げるか、三条の口を封じてしまっておけば、良かったのだ。

テープが警察の手に渡ると、たちまち、緒方は、警察に連行されて行った。

同時に、K銀行牛窓支店の元支店長の久保が、岡山県警に逮捕されたという知らせが、長谷川の耳に飛び込んできた。

その久保も、緒方に頼まれて、五億円の身代金を犯人に渡すふりをして、現金を、瀬戸内ビューに戻したと、自供してしまったのだ。

小さな穴が一つ開くと、それが、どんどん、どんどん広がっていくのを、長谷川は知った。

今回の一連の事件を、再捜査すると、警視庁捜査一課が、言明した。

その捜査の指揮をとるのは、十津川という警部だと、知らされた。

長谷川は、十津川に、何度か、会っていた。

彼の娘のかえでが、誘拐された（という芝居の）時、駈けつけた捜査一課の刑事たちを、指揮していたのが、十津川だったのだ。

あの時、十津川は、誘拐事件に何の疑いも、持っていなかった。

（マヌケな刑事だな）

と、考えたのを、覚えている。

その後も、十津川が、疑問を持った気配はなかった。

十津川たちも、他の県警も、次々に、失敗を、繰り返した。

被害者が、犯人なのだから、警察が犯人に、してやられるのは、当然なのだ。

誘拐事件で、警察は、犯人を取り逃がした上、五億円と、六億円の身代金を、まんまと、奪われてしまった。

そんな時、長谷川は、警察のだらしなさを、非難し、刑事を、怒鳴りつけた。

（あの時は、面白かった）

十津川警部も、叱りつけた。内心、笑いをこらえながらである。

（あのマヌケな警部が、今になって、反撃してきたのだ）

少し、甘く見過ぎていたのか。

今、ホゾを噛んでいる。

だが、なぜか、長谷川を逮捕しにやってこないのだ。

わざと、じらしているのだろうか？　それとも、何か思惑があるのだろうか？

5

捜査会議で、十津川は、三上本部長に、長谷川の秘書、緒方の逮捕と岡山での久保の逮捕について、報告した。

「それで、長谷川社長は、今、どうしているんだ?」

と、三上が、きいた。

「東京本社の社長室に、います」

と、十津川が、答える。

「逃亡の恐れはないのか?」

「ビルは、六人の刑事が、見張っています。もし、逃亡を図れば、直ちに、逮捕することになっています」

「どうして、令状を取らないんだ。秘書の緒方は、社長に頼まれて、全てを、計画し、実行したと、自供しているんだろう?」

三上が、きく。

「自供しています。しかし、証拠がありません。緒方たちが、勝手にやったことで、自分は、何もいっていないと長谷川が、主張したとき、証拠が、ありません」

と、十津川は、いった。

「秘書が、勝手にやれることかね？」

「状況証拠は、そうですが、長谷川が、否認したときは、どうするか、考えてから逮捕令状をとりたいと思っているのです」

と、十津川は、あくまで、慎重に、いった。

「では、当分、手をこまねいているというのか？」

三上は、不満そうに、いった。

「そんなことはしません。彼を追い詰めます」

「長谷川が、海外へ逃亡する恐れはないのか？　金もあるし、今のところ、彼が、主犯だという証拠はないんだから、海外逃亡を図っても、それを止める手段はないんじゃないのか？」

三上がきくと、十津川は、強く首を横に振って、

「それはありません」

「なぜ、そういえるんだ？」

「長谷川が、今回の一連の事件を計画した目的は、瀬戸内ビューの建て直しと、岡山観光を、傘下におさめ、岡山観光の佐倉社長を亡ぼすことだったと思います。この三つは、成功したんです。犯行がバレなければですが。それなのに、長谷川が、海外に逃げ出したら、何のために、事件を起こしたのか、わからなくなってしまいます。だから、長谷川は、海外へ逃亡したくても、出来ないんです」

「それで、君は、これから、どうするつもりなのかね？」

と、三上はきいた。

「長谷川は、今、ジレンマに陥っている筈です。秘書の緒方は、逮捕されたが、自分が、海外へ逃亡するわけにはいかないからです。今は、全て、緒方たちが、勝手にやったことということで、何とか、逃げようとしているんだと思います」

と、十津川は、いい、

「これから、亀井刑事と、長谷川社長のご機嫌を伺ってきたいと思っています。出来れば、圧力をかけて、自滅に、導きたいのです」

と、付け加えた。

十津川と、亀井は、瀬戸内ビューの本社に出かけ、社長の長谷川に、面会を求めた。予想したとおり、長谷川は、二人の刑事を、社長室に招じ入れた。弱味を見せたくないのだ。

長谷川は、精一杯の笑みを浮べて、

「いろいろと、ご迷惑をおかけしていますが、とにかく、公平に捜査を実施して下さい。私としても、捜査には、協力を惜しみません」

と、十津川に向って、いった。

「ありがとうございます。やはり、今回の捜査では、何よりも、社長である長谷川さんのご協力が、必要ですから」

十津川は、いんぎんに、いった。

長谷川は、パイプをくわえ、せわしなく火をつけてから、

「今でも、緒方クンが、警察のいうようなことをやったとは、思っていないのです。それで、有能な弁護士たちに頼んで、緒方クンの弁護をお願いしようと、思っているんです。彼は、容疑を否定しているんでしょう？　そうなら、弁護士には、即時釈放を要求させようと考えています」

と、長谷川は、いった。

「緒方が、白石正也の死体を、小豆島の水族館の海底にかくしたことは、証人とビデオテープがあって、証明されているんですよ。誘拐事件に関係していたこともですよ」

十津川は、冷静な口調でいった。

長谷川は、わざとらしく、溜息をついて、

「緒方クンは、秘書として有能で、信用していたんですがなぜ、勝手に、そんなことをやったのか、全くわからないのですよ。だから、何かの間違いで、緒方クンは誰かに、はめられたのではないかとも思っているんですよ」

と、いう。

「はめられたのは、事実かも知れません」

と、十津川は、いった。

「やっぱりね。誰に、はめられたと、警察は、見ているんですか？」

「あなたにです」

十津川は、いきなり、ずばりと、いった。

一瞬、長谷川は、あっけに取られた表情になった。十津川の口から、そんな言葉がいきなり、出るとは、全く、思っていなかったのだろう。

「警部さん。悪い冗談は止めて下さいよ」

と、長谷川は、いった。少しだが、怒りのひびきがあった。必死に怒りを抑え、笑おうとしている感じだった。

十津川は、ニコリともしないで、

「冗談じゃありません。われわれは、緒方や、その仲間が、自分の意志で、こんな大それたことをやったとは、思っていないのです。誰かのためにか、誰かの指示で、やったに違いないのです。それを考えると、緒方が忠誠をつくす相手としては、申しわけないが、社長のあなたしか考えられないのですよ」

「あなたは、捜査一課の警部さんだ。そのあなたが、私を殺人犯扱いしたんですよ。殺人事件の主犯だといっている。これは、冗談ですまされないことですよ。すぐ、謝罪して下されば、笑ってすませますが、さもなければ、弁護士を通して、あなたと警察を告訴しますよ」

「私も冗談で、こんなことはいえませんよ。正直に、あなたが、緒方たちの背後にいるという疑いを持っています」

　十津川も、負けずに、いい返した。

　長谷川の顔が、赧《あか》くなった。

「それならなぜ、私を逮捕しないんです。逮捕したらいいじゃないですか。逃げも隠れもしませんよ」

「もちろん、証拠が揃い次第、逮捕しますよ。あなたも大変ですね。海外に逃亡したいでしょうが、それが出来ない。折角、瀬戸内ビューを建て直すことが出来たのに、建て直した会社を放り出して、逃げ出すわけにもいきませんからね」

「残念ながら、わが社は今、未曾有《みぞう》の危機に直面しています。私自身十一億円という高い身代金を払い、会社も、しまなみ海道で、百億円を超す被害を受けているんですよ。どこから、わが社が、建て直されたといえるんですか？」

「誘拐事件そのものが、われわれは、緒方たちによる大芝居だと見ています。従って、十一億円の身代金は、犯人には、支払われていないと考えています」

「よく、自分たちの捜査ミスを、棚上げして、そんなでたらめが、いえますね。十一億円の身代金が、支払われなかったのなら、その金は、今、何処にあるんです？　私の預金を調べて貰えば、正確に、五億円、六億円で、合計十一億円は、引き出され、現金にして、誘拐犯に支払っているんです。それを取り返してくれるのが、警察の仕事でしょう」

「現金化したところが、今回の誘拐事件のミソなんですよ。現金のままだから、預金の数字には、出て来ない。うまいやり方だ。それに、しまなみ海道での損失ですが、人命を守るためだったということで、百億円以上の損失は、来年の納税で、丸々と認められる。ところが、海中展望塔にしても、レストランにしても、全て、赤字で、あなたの会社としては、持て余していたものでしょう？　犯人は、そんな施設ばかりを、よく狙ったものですね」

「警察は、私を脅迫するんですか？」

長谷川が、眉を吊り上げるようにして、十津川に迫った。

その時まで、黙っていた亀井が口を開いて、

「長谷川さん。あなたが、今回の事件の黒幕だということは、わかっているんですよ。証拠も少しずつ、集っている。海外へ逃げるんだったら、一刻も早い方がいいと思いますね。といっても、社長としては逃げられないか」

「帰ってくれ！」

とうとう、長谷川が、怒鳴った。

6

二人の刑事が、帰ったあと、長谷川は、疲れと、いらだちから、ソファに身を沈めた。

警察は、間違いなく、自分に狙いをつけている。

娘のかえでの誘拐が、芝居だったことも、察しているし、しまなみ海道では、瀬戸内ビューが、実質的に、損害を受けていないことにも、気付いた。

猟犬みたいな刑事たちだから、そのうちに、証拠を握って、自分を逮捕しに押しかけてくるに決っている。

長谷川は、電話で、弁護士の大和田を呼び出した。

大和田は、全てを知っていて、長谷川が、信頼している男だった。

「今、捜査一課の刑事が二人やって来た」

と、長谷川は、大和田に、いった。

「緒方を逮捕した連中でしょう。早晩そこにいくと思っていましたよ。しかし、あなたが、逮捕されないところをみると、証拠はつかんでいないんだ。緒方は、あなたに命じられてやったとは口が裂けてもいわんでしょうし、たとえそう自供しても、あなたは、緒方が勝手にやったことだと突っぱねればいい」

「もちろん、そのつもりだよ。ただ、十津川という警部が、うるさくてかなわん。あいつは毎日でも押しかけてくるだろう。といって、会わなければ、私が、逃げ廻っていると思われて、会社にとって、マイナスのイメージが生れてしまう。それだけは、困るんだよ」

と、長谷川はいった。

「それなら、しばらく、海外へ行っておられたらどうですか？」

と、大和田が、すすめた。

「それこそ、逃げたと思われるじゃないか。十津川警部も、私が、海外へ出られないのを知っていて、タカをくっているんだ」

「それを逆手に取って、海外へ出られたらいいじゃありませんか。逃亡じゃなく、傷ついた心をいやすための海外旅行ですよ。マスコミへの対応は、私が、上手くやっておきますよ」

と、大和田はいった。

長谷川は、やっと、笑顔になって、

「そうか。逃亡じゃなく海外へ、いやしの旅か」

「十津川警部も、海外までは追いかけていけませんから、のんびり出来る筈ですよ」

「そうだな。連中はうるさくてかなわないから、顔を合わせずにすむだけでも、ありがたいが」

「二、三カ月、行っておられれば、警察もあなたへの追及を諦《あきら》めると思いますよ」

「君の言葉で勇気がわいてきた。明日も、明後日も、十津川警部は、押しかけて来るだろうから、その顔を見たくないんだ」

「東南アジアへ行くと逃げたと思われますから、カナダか、ヨーロッパあたりがいいんじゃありませんか」

と、大和田はいった。

「例の金は今、君が、持っているんだったね？」

「私の事務所の金庫に入っています」

「何処へ行くか考えるから、その時は、向うの銀行に送金してくれ」

と、長谷川はいった。

翌日になると、また、十津川と亀井が、やって来た。

「昨日より、顔色が悪いですよ。どうも、心配ごとがあるみたいですね」

と、会うなり、十津川は嫌味を口にした。

亀井も亀井で、

「死んだ、いや、殺した岡山観光の佐倉社長たちの亡霊が、夢に出てきますか？」

と、絡んできた。

二人を帰してしまうと、長谷川はすぐ、大和田へ電話をかけた。

「もう我慢が出来ん。明日中にカナダへ出発したい」

「わかりました。バンクーバーにN銀行の支店がありますから、そこへ送金しておきましょう。いくらぐらい必要ですか？」

と、大和田がいう。

「五億円、送金しておいてくれ」

と、長谷川は、いった。

7

大和田はN銀行へ電話し、すぐ来てくれるようにいった。

一時間ほどして、N銀行の車で男女の行員二人がやって来た。

「私の友人がカナダへ遊学したいといっているので、バンクーバーに口座を作りたいんだ。何カ月か、カナダで暮らすことになるので、五億円、その口座に入れておきたい」

と、大和田はいった。

「ありがとうございます」

と、男の行員が頭を下げ、必要な書類を取り出した。

大和田は金庫から五億円の札束を運んできて、テーブルの上に置いていった。

「今日は、来るのが時間がかかったね?」

と、大和田がいうと、

「丁度外廻りが全員出てしまっていたので、おくれて申しわけありません。それに大金ということなので、二人揃ってから参りましたので」

と、男の行員が答えた。

「何しろ、五億円という大きな金だから間違いなく、運んで行ってくれよ」

「わかっております」

と、男の行員はいってから、

「一応、数えさせて頂きます」

「それは構わないよ。君たちの仕事だ」

と、大和田はいった。

二人の行員が、札を数える機械を取り出し、電源をつなぐ。

軽い機械のひびきと共に、札束が数えられていく。

女の行員が、妙な機械を取り出して、数え終った札束に、その機械を押し当てている。

「それは、何の機械だね？」

と、大和田がきいた。

女は、顔をあげて、大和田に向い、

「これ、ご存知ないんですか？」

「いや。知らん」

「じゃあ、のぞいて見て下さい」

と、女はいった。

「その機械は、誘拐事件の捜査で使います。身代金の札の番号を、いちいち控える時間がない時は、札束の横に、眼に見えない蛍光絵具を塗っておくことがあるんですよ。普通は全く見えませんが、この偏光眼鏡でのぞくと、青く光って見えるんです。ほら、見えるでしょう」

「――――」

大和田の顔が青ざめた。

女は構わずに、

「こちらの札束も、青く光っています。長谷川社長の娘さんが、誘拐され、その身代金を、犯人が、要求してきた。一度目の時は、札束に何の印もつけられなかったので、二度目の東京の時に、銀行が、この蛍光絵具を塗っておいたんです。その時の身代金を、なぜあなたがお持ちなんですか？」

と、女が詰問した。

大和田は青ざめた顔で、

「君たちは刑事か？」

「こちらの方はちゃんとしたN銀行の方ですよ。私は捜査一課の北条早苗といいます」

と、女はいった。

「どうして、私が、その金を動かすと、わかったんだ？」

大和田がきくと、北条早苗は微笑して、

「十津川警部に、指示されたんです。そろそろ、長谷川社長が海外へ逃げ出すだろう。そうなると、まず、必要なのは金だ。社長本人が大金を動かせば警察に疑われるから、その仕事は多分弁護士が、やるだろう。それで、あなたを見張っていたんですよ。そうしたら、N銀行に電話された」

と、いった。

彼女が携帯をかけると、五、六分して、十津川警部が、二人の部下と一緒に入って来た。

「金庫を開いて下さい」

と、十津川は、大和田に命じ、それが開くと中から次々に、札束を取り出していって床に、積みあげた。

「十億円以上はある」

十津川は、満足そうにいった。

大和田は、そんな十津川に向って、

「一つ、質問したいんだが」

「どうぞ」

「その中の五億円分は、印がついていないんでしょう？」

「そうです。牛窓の銀行で現金化した五億円は、支店長が、犯人の味方なんだから、札束に印をつける筈がありません」

「じゃあ、その五億円分を、出していたら、あなた方は気がつかなかったわけですね？」

と、大和田がいう。

十津川は、笑って、

「それは、駄目ですね。金庫にある札束を全部、調べろと、刑事にはいっておきましたから」

その時、事務所の電話が鳴った。

十津川が、受話器を取った。

「私だ」

と、長谷川の声がいった。

「五億円は、バンクーバーへ送金してくれたか？」

「――――」

長谷川は、異変を感じてあわてて、電話を切った。

十津川も、受話器を置いた。

今頃、他の刑事たちが、長谷川の社長室に向っている筈だった。

解説

縄田一男

「オール讀物」は文春ムックとして二〇二二年五月『西村京太郎の推理世界』を刊行した。表紙に〝空前絶後のベストセラー作家全軌跡〟と記してあるように、処女作「歪んだ朝」から遺作となった『SL「やまぐち」号殺人事件』まで、西村氏が書いた六四七作にわたる全著作リストがあるのだからファンにはたまらない一巻となっている。

ただし、それも西村氏が存命であった場合に限る。西村氏は同年三月三日、肝臓癌のため死去されたからである。

西村氏が鉄道ミステリーに着手するまでは、ミステリーと鉄道というと、時刻表を使ったアリバイ崩しばかりだったが、西村氏以降は鉄道は様々な実験室に転じ、種々の舞台となった。

だが西村氏も一朝一夕に鉄道ミステリーに飛び込んだわけではない。初期は『四つの終止符』や江戸川乱歩賞を受賞した『天使の傷痕』等の社会派ミステリー、和製スパイ小説の傑作『D機関情報』、近未来小説『太陽と砂』等多岐にわたり、二十冊目の『赤い帆船』で初めて十津川警部が登場する。

そして四十冊目の『寝台特急《ブルートレイン》殺人事件』でようやくトラベルミステリーに着手する。この後は『夜間飛行《ムーンライト》殺人事件』、推理作家協会賞を受賞した『終着駅《ターミナル》殺人事件』、『北帰行殺人事件』、『蜜月列車《ハネムーン・トレイン》殺人事件』と矢継ぎ早にトラベルミステリーの刊行が続いていく。そしてこれらはベストセラーとなっていったのである。

思えば十津川警部は、暗闇に差した一筋の光りであったと言えよう。何故《なぜ》ならば十津川は、相手が罪を犯したからといって逮捕するのではない、自分の胸の中に燃え上がるささやかな正義感ゆえに逮捕するのである。

さて、『しまなみ海道追跡ルート』に話を移せば、本書は作者の三一九冊目の作品で、二〇〇一年九月トクマ・ノベルズの一巻として刊行された。メインとなる事件は、観光会社〈瀬戸内ビュー〉社長の娘の誘拐事件である。身代金は五億円。それをライバル会社社長の口座に振り込めというのだ——ただしそのライバル社は〈瀬戸内ビュー〉から見れば取るに足らない会社であるというではないか。

ともあれ、娘の命を救わねばならない――身代金を用意する一方、警察に連絡した長谷川社長の家に十津川らが赴く事になる。

誘拐されたのは娘のかえで、五歳。かえでは一貫教育で有名なS幼稚舎に入っており、毎日四谷の校舎に運転手がベンツで迎えに来ていたのだが、四月七日、同じベンツがかえでを迎えに来たのだ。

しかし、本物の長谷川のベンツは、途中の交差点で追突され迎えに行くのが三十五分遅れていたのだ。

校舎に着き、すでにかえでが同じ様なベンツに乗って帰ったのを知らされ、あわててかえでの母親の悦子に連絡した。悦子は娘が誘拐された事を直感し、すぐ警察に電話をし、ここで前述の十津川らの登場となる。

やがて男の声で電話があり、五億円の身代金の要求がある。現時点で犯人は最低二人いる。

犯人の動向を追う一方で、十津川はかえでの父、要《かなめ》の評判を調べさせる。要は瀬戸内海の因島《いんのしま》の生まれ。彼の父親も同様で、二十代の時、小さな観光会社を設立、社員三人で始めた会社が大きくなり、今の要の代になって瀬戸内第一の観光会社にまで成長したのである。そして今、東京にまで進出してきているのだ。

創業の地広島の方は義弟が取り仕切っているようで、ただ、東京に進出してきてまだ三年にしかならないという。同業者の間では、やり方が強引だと評判はあまり良くなく、金に飽かせてライバル会社からやり手の社員を引き抜いているという。

誘拐された娘のかえでは、後妻の娘で、離婚した先妻可奈子は、高校三年の次女と渋谷のマンションに住んでいる。

長男と長女は父親が引き取り、一番幼なかった次女を二億円の慰謝料と共に可奈子が引き取ったという。

犯人からは、岡山観光の社長、佐倉真一郎の口座に金を振り込めという指示がくる。十津川がライバル会社か、と尋ねると。長谷川は苦笑して「そんな風に考えたことはありませんね。申しわけないが、小さな会社ですから」と答える。

犯人の意図は何なのか。

そして事件は、五億円を積んだ犯人のボートが大型クルーザーにぶつかり沈没、金も犯人も海中へ……。二度目の身代金の要求後、かえでは無事戻るが、多くの謎を孕《はら》み、いよいよ〈しまなみ海道〉へ――。

子供の誘拐から始まった壮大な事件は、十津川らをきりきり舞いさせる。一体犯人は誰なのか。

次々に起こる事件、その事件の目的は、そして真相は。

刑事たちの地道な捜査を嘲笑《あざわら》うかのような事件。その向こうにあるのは、人間の愚かな欲望か。十津川が辿《たど》り着くのは、果たして。

美しい〈しまなみ海道〉を舞台に、あまりに愚かな人間の欲望が渦巻く、堂々たるミステリー巨篇である。

二〇二四年三月

本書は２００４年10月徳間文庫として刊行されたものの新装版です。
なお、本作品はフィクションであり実在の個人・団体などとは一切関係がありません。

徳間文庫

しまなみ海《かい》道《どう》追《つい》跡《せき》ルート

〈新装版〉

2024年4月15日 初刷

著者 西《にし》村《むら》京《きょう》太《た》郎《ろう》

発行者 小宮英行

発行所 株式会社徳間書店

東京都品川区上大崎三―一―一 〒141―8202
目黒セントラルスクエア

電話 編集〇三(五四〇三)四三四九
販売〇四九(二九三)五五二一

振替 〇〇一四〇―〇―四四三九二

印刷
製本 大日本印刷株式会社

ISBN978-4-19-894937-2 (乱丁、落丁本はお取りかえいたします)

徳間文庫の好評既刊

西村京太郎

長野電鉄殺人事件

長野電鉄湯田中《ゆだなか》駅で佐藤誠《さとうまこと》の刺殺体が発見された。相談があると佐藤に呼び出されていた木本啓一郎《きもとけいいちろう》は、かつて彼と松代《まつしろ》大本営跡の調査をしたことがあった。やがて木本は佐藤が大本営跡付近で二体の白骨を発見したことを突き止める。一方、十津川《とつがわ》警部と大学で同窓だった中央新聞記者の田島《たじま》は、事件に関心を抱き取材を始めたものの突然失踪!?　事件の背後に蠢《うごめ》く戦争の暗部……。傑作長篇推理！

徳間文庫の好評既刊

西村京太郎

寝台特急
カシオペアを追え

女子大生・小野《おの》ミユキが誘拐された。身代金は二億円。犯人の指示で、父親の敬介《けいすけ》一人が身代金を携《たずさ》えて上野から寝台特急カシオペアに乗り込んだ。十津川《とつがわ》警部と亀井《かめい》刑事は東北新幹線で先回りし、郡山《こおりやま》から乗車するが、敬介も金も消えていた。しかもラウンジカーには中年男女の射殺体が！　誘拐事件との関連は？　さらに十津川を嘲笑《ちょうしょう》するかのように新たな事件が……。会心の長篇推理。